赫列勃尼科夫诗选

Велимир Хлебников
Стихотворения и поэмы

[俄] 赫列勃尼科夫 著
郑体武 译

上海外语教育出版社
SHANGHAI FOREIGN LANGUAGE EDUCATION PRESS

图书在版编目(CIP)数据

赫列勃尼科夫诗选:汉、俄/(俄罗斯)赫列勃尼科夫著;郑体武译. -- 上海:上海外语教育出版社,2022 (2024重印)
ISBN 978-7-5446-7137-8

Ⅰ. ①赫… Ⅱ. ①赫… ②郑… Ⅲ. ①诗集—俄罗斯—现代—汉、俄 Ⅳ. ①I512.25

中国版本图书馆CIP数据核字(2022)第016506号

出版发行: **上海外语教育出版社**
（上海外国语大学内）邮编：200083
电　　话：021-65425300 (总机)
电子邮箱：bookinfo@sflep.com.cn
网　　址：http://www.sflep.com
责任编辑：岳永红

印　　刷：上海中华商务联合印刷有限公司
开　　本：890×1240　1/32　印张18.125　字数331千字
版　　次：2022年7月第1版　2024年6月第2次印刷

书　　号：ISBN 978-7-5446-7137-8
定　　价：88.00元

本版图书如有印装质量问题，可向本社调换
质量服务热线: 4008-213-263

赫列勃尼科夫

赫列勃尼科夫自画像

诺夫哥罗德省鲁契村的赫列勃尼科夫墓

莫斯科新圣女公墓的赫列勃尼科夫墓(1970年转葬于此)

Свобода приходит нагая, 19 IV 17
Бросая на сердце цветы,
И мы с нею в ногу шагая
Беседуем с небом на ты.
Мы, воины, смело ударим
Рукой по суровым щитам,
Да будет народ государем
Всегда, навсегда, здесь и там.

Пусть девы споют у оконца
Меж песен коротких похода,
О верноподданном Солнца
Самовластном народе.

赫列勃尼科夫：走向过去与回到未来
——译者序

在 20 世纪初的俄国诗坛上，赫列勃尼科夫是一个传奇人物，公认的"诗人之诗人"。马雅可夫斯基说他是"发现诗歌新大陆的哥伦布""生产者的诗人"。迪尼安诺夫说他是"语言的罗巴切夫斯基""文学领域的革命家"。格利高里耶夫说他是 20 世纪的奇迹，"人文领域的爱因斯坦"。弗谢沃洛德·伊万诺夫则将赫列勃尼科夫与陀思妥耶夫斯基、乔伊斯和普鲁斯特相提并论，认为他是"最伟大的诗人之一"。

什克洛夫斯基曾经认为，如果将"汉堡计分法"引入文学领域，以此判定作家的真实位次，拒绝听命于幕后老板的表演性"假摔"，则赫列勃尼科夫没有对手："汉堡积分法在文学领域不可或缺。根据汉堡计分法，绥拉菲莫维支和魏列萨耶夫不存在。他们进不了城。在汉堡，布尔加科夫就是一名小丑。巴别尔属于轻量级。高尔基难说（常不在状态）。赫列勃尼科夫拿过冠军。"

一

维利米尔·赫列勃尼科夫（Велимир Хлебников）1885 年

10月28日生于沙皇俄国阿斯特拉罕省小杜尔伯特兀鲁斯通杜托沃村一个贵族家庭，父亲是一位博物学家，母亲学过历史。受父母影响，赫列勃尼科夫从小便对自然和历史产生了浓厚兴趣。1903年考进喀山大学数理系博物专业，兼修数学。就读期间因参加学生示威游行而被捕。这件事对他产生了强烈影响，使他的性格变得内向，郁郁寡欢。1908年转学彼得堡大学数理系，继续学习博物学专业，同时奔忙于梵语和斯拉夫语之间，但均未毕业。

在彼得堡，赫列勃尼科夫结识古米廖夫、戈罗捷茨基、曼德尔施塔姆，尊库兹明为师；频繁造访维雅切斯拉夫·伊万诺夫的"星期三晚会"和阿克梅派的"诗歌学园"，同时与后来的未来派诗人和画家卡缅斯基、布尔柳克兄弟、马秋申、古罗等过从甚密，结成文艺团体。

1910年，赫列勃尼科夫参与发起的未来派首部文集《鉴赏家的陷阱》问世，书名就是赫列勃尼科夫起的，他也由此被推为未来派的领军人物。1911年，赫列勃尼科夫离开彼得堡大学，从此开始了颠沛流离、穷困潦倒的生活。日常生活的困顿非但没有击垮他，反而更激发了他的创作欲。他的作品密集发表在富于挑战意味的《给社会趣味一记耳光》《萎靡的月亮》《三人圣礼书》《牝马之乳》等未来派丛刊和文集上。也就是在这一年，赫列勃尼科夫开始认真研究幻想式的"历史数学"，并自称发现了神奇数字"317"的秘密。1914年出版了《米尔斯孔查》和《地狱游戏》（与克鲁乔内赫合作）。此时开始引起诗坛名家关注，库兹明称他的作品是"才华横溢的狂人之作"；古米廖夫注意到他的"形象具有令人信服的荒诞性，而思想则充满令人信服的悖谬性"。

赫列勃尼科夫认为，时间是可逆的，其历史魔咒是完全可以战胜的，到那时，就连死亡也会变成虚无波涛中一次暂时性的沐浴。由于致力于解答时间问题，赫列勃尼科夫的创作超出了一般的文学创作范畴。1916年，在莫斯科居住期间，诗人开始筹划组建"时间国"，按照他的想法，时间国的领导者"地球主席"应由当代世界最优秀的317个人物担任，他们可以凭借善与和谐的意志号令相对低级的存在、日常生活范畴——"空间政府"。时间国的居民分成两类：一类是无私奉献的发明家，一类是坐享其成的食利者。"食利者一直成群结队地偷偷跟在发明家背后，如今，发明家要把他们的爪子从身上推开。"也就是说，发明家要将食利者逐出"时间国"。

第一次世界大战爆发后，赫列勃尼科夫一度逃避，但还是于1916年被征召入伍。他认为，战争的破坏力和毁灭性不可低估，非但对个人有害，对俄罗斯也是有百害而无一利，组诗《捕鼠器里的战争》就表达了这样的想法。十月革命和国内战争期间，赫列勃尼科夫居无定所，过着朝不保夕的流浪生活。1920年，他两度染上伤寒病，又两度被白军和红军抓进监狱，还在哈尔科夫进过精神病院。同年6月，他随红军去往波斯，8月回到巴库，又从巴库辗转到皮亚季戈尔斯克，饥寒交迫中于秋天抵达莫斯科，借住在画家米图里奇家。即便如此，他也从未停止写作。

1922年5月14日，米图里奇将病重的赫列勃尼科夫从莫斯科带到诺夫哥罗德的桑塔洛沃村疗养，寄一线希望于当地的泉水能创造奇迹，医好他的坏疽。不料赫列勃尼科夫病情持续恶化，伤口溃烂生蛆，不得不锯掉双脚。托洛茨基得知诗人病危消息后，立即指示当地医院全力救治，但为时已晚。6月29日，赫列勃尼科夫在一间临时借住的澡堂更衣室里，悲惨地告别了人世。

据米图里奇回忆，赫列勃尼科夫辗转诺夫哥罗德的路上，说过这样一句话："负有同我一样使命的人，都在37岁的时候死去。"赫列勃尼科夫去世时正好37岁，阳寿与普希金相同。

二

马雅可夫斯基说："赫列勃尼科夫的生平堪与其辉煌的文学成就比肩。他的生平是诗人们的一个典范，是对诗歌投机者的一种责难。"

赫列勃尼科夫的创作道路可以分为三个阶段：第一阶段（1905—1914）是与象征主义交往密切的起步期和作为未来主义运动发起人和主将之一的活跃期，形成了以创造新词和神话乌托邦为主要取向的独特风格；第二阶段（1915—1917）是开始关注俄国当代历史与现实的过渡期，诗人震惊于第一次世界大战的疯狂，试图对自己的紧张思考做出总结；第三阶段（1917—1922）是赫列勃尼科夫诗歌创作的空前高产期，在诗人看来，十月革命为他的整个生命提供了存在理由，为他的时间律和时间国学说提供了实现的可能性。

赫列勃尼科夫的创作从一开始就没有框定在未来主义的范畴内，他对原始主义、对大自然的向往，对多神教罗斯和古代斯拉夫的理想化，证明他的创作取向与其他未来派诗人迥然有别。他的诗歌世界，是一个泛斯拉夫的世界；他对俄语的狂想，对语词的痴迷，也都来源于他的"斯拉夫情结"。

早期赫列勃尼科夫痴迷于童话故事、斯拉夫传说和多神教神话。"幼稚主义、对待语词的多神教态度、对新人的无知自然而然地导致诗人将多神教作为题材"，迪尼安诺夫写道。多神教牧歌式的《萨满和维纳斯》（1912）、《维拉与林妖》（1912）等，字里行间充满了愉快的揶揄。自由自在、无忧无虑的田园世界与现代人压抑迟钝的情感形成鲜明对照。"石器时代的故事"——《И和Э》（1909—1910）、《乡村友谊》（1911），以及晚期作品《诗人》（1919—1921）、《三姐妹》（1920—1922）等都贯穿着田园诗的主题。

赫列勃尼科夫对多神教、对童话故事和乡村牧歌的迷恋，与未来主义并无关系。未来主义自豪的是自己的现代性，是它作为大工业时代的产物。早期马雅可夫斯基是作为一个鲜明的城市诗人出现的,而早期赫列勃尼科夫则是个斯拉夫人,反城市者:他把城市、现代生活同大自然、无拘无束的原始生活对立起来。当然,诗人明白,逃离文明只有在想象中才能成为可能,也正因如此他才始终给自己的幻想涂上一层讽刺色彩。

《白雪姑娘斯涅日莫奇卡——复活节童话》(1908,1913)是一部充满多神教色彩的戏剧体长诗,写的是一次聚集了林妖、魔鬼、雪仙等童话人物的森林酒神节。他们全都取斯拉夫名字:斯涅基尼雅(Снегиня)、别辽扎米尔(Березомир)、德列沃留德(Древолюд)、杜比奇(Дубич)和姚尔基奇(Елкич)等等,全是作者虚构的斯拉夫精灵。《少女之神》(1908,1911)也是一部戏剧体长诗,里面有情节,有贯穿始终的动作,有高潮和结局,一些近乎古典主义的段落,不时地与迷乱混沌的形象和急剧变化的幻想交织在一起。据作者说,在这里,他试图"通过黄金的伪饰",与"从伏尔加河伸向希腊的纽带"的联系,来澄清"纯粹的斯拉夫性"。作品的情节确实具有古希腊的气息。少女们找到了自己的神,他的打扮跟古代斯拉夫的婚姻与爱情之神列利毫无二致,手持芦笛,脚着草鞋。她们一心一意地爱护着这位"少女之神",为了他,竟把自己的未婚夫们忘在脑后。于是,姑娘们和未婚夫们之间发生了纠纷,后者想杀死那神。最后,"少女之神"同姑娘们一起游入大海。这里看得出维·伊万诺夫及其"狄奥尼索斯精神"的影响。"少女之神"就是以斯拉夫的列利面孔出现的年轻的狄奥尼索斯。少女们的节庆与古希腊将男人拒之门外的地母节有相似之处。

赫列勃尼科夫早期的作品,用传统的诗格写成,遵守格律,如长诗《萨满和维纳斯》(1912),与整个由生造词构成的节奏诗,如《米利亚济之歌》(1908,1912)、《对罪人的诱惑》(1908,1912),并行不悖。这是作者抛出的一条无穷的词语链。而且,与其说这是企图回归"逻各斯"之前的语言,不如说是回归18世纪的古语。赫列勃尼科夫总的来说倾向于主张复古和保守的"希什科夫主义",他创造的新词不时地与古斯拉夫词汇相混杂,有些东西简直就像是直接从18世纪诗人笔下照搬来的。只是同自己遥远的前辈相比,赫列勃尼科夫要大胆得多,也走得更远,他的语言甚至接近17世纪。

值得注意的是,赫列勃尼科夫的斯拉夫情结排斥西方,但接受亚洲的东方。俄罗斯与亚洲,两种文化的相互渗透,这个问题对思考民族差异的赫列勃尼科夫极具吸引力。在他笔下,同一形象中融汇了斯拉夫和亚细亚两种因素,亚洲是诗人宇宙情感的一部分,是"绝无仅有之书"中的一页:

> 人类的种族——就是书的读者,
> 而封面上——是创造者的题词,
> 我的名字——是那些湛蓝的文字。
> (《绝无仅有之书》,1920—1921)

在赫列勃尼科夫笔下，伊朗和俄罗斯情节奇怪地交织在一起。"绿色的罗斯在月亮阿伊中"——在一首关于俄罗斯的诗中，他这样写道。这里的"阿伊"并非生造的新词，而是波斯语月亮的意思。《伊朗之歌》（1921）充满民歌笔调和戏谑色彩，《劳动的那弗鲁兹》（1921）则洋溢着博爱思想，《一条水流清冽的小河》（1921）闪烁着人性之光，与俄罗斯经典诗人关于高加索的诗歌同出一源。在组诗《被解放的个性》（1919—1922）中，亚非拉各民族历史文化意象济济一堂，交相辉映，充分体现了诗人理想中的斯拉夫与东方的融合。

赫列勃尼科夫一头扎进斯拉夫语言、历史和神话的同时，也对他所处时代的现实给予了极大关注。多灾多难的当代生活，在他的作品里得到悲剧性反映。

战争和死亡主题在赫列勃尼科夫创作中占有重要地位。早在第一次世界大战爆发前夕，当巴尔干半岛战云密布之时，诗人便有了不祥的预感，并挥笔写下长诗《战争——死亡》（1913），从此如影随形的战争与死亡主题，在赫列勃尼科夫许多作品中，或多或少都有所触及。《死亡的妇人》（1915）以神话笔法，写死神降临到世界之上；《加里西亚的女巫》（1914）以奇幻和怪诞手法，写战争：戴着蛆虫手套的女巫向兴高采烈的先生们伸出魔掌，她的尾巴变成一条街道。在此，女巫是战争的象征，死亡的化身。《湖中的死亡》（1915）是赫列勃尼科夫最早的反战作品之一，已经具有鲜明的反战倾向。士兵们葬身于冰冷湖水中的悲惨场面,在诗人笔下具有高度概括性,在赫列勃尼科夫看来,战争就是一部死亡战车,摧毁一切,毫无意义,毫无人性。

不必讳言,最初,赫列勃尼科夫还曾对战争抱有一丝幼稚的幻想,但很快,战争的惨绝人寰和荒唐透顶便令他痛不欲生:

> 河水奔腾,宛如少女的头发,
> 橡树俯身,仿佛无用的弓弦,
> 就在这里,在察里津,
> 在第九十三步兵团,
> 为一场不为人知的战斗,为一种不为人知的命运,
> 我阵亡了,一如正在死去的孩子们。
> (《河水奔腾,宛如少女的头发》,1916)

组诗《捕鼠器里的战争》(1915—1919—1922)集中表达了赫列勃尼科夫日益强烈的反战情绪。组诗的标题来源于1917年四月的一份反战宣传提纲:"我们回敬战争的是——捕鼠器。"其喻义是不言自明的。有别于长诗《战争——死亡》,该组诗是作者根据战争期间的切身感受创作出来的,因而具有更多的具体性,与周围现实的关联度更高,对战争的抗议也更加明确和自觉。在诗人笔下,战争有如神话中的生物,有如贪得无厌的死神,原始绘画中的战神。酣战中的人类会复归原始的野蛮和残

忍，战争又会毁灭一代又一代的年轻人，带来大规模的死亡和破坏：

> 饿狼在那里血淋淋地嚎叫：
> "嘿，年轻人的肉可真够美味！"
> 母亲说："我再没有儿子了。"——
> 我们这些老人，清楚我们的作为。
> 莫非年轻人真的变得廉价了？
> 还不如一块地、一桶水和一车煤？
> 你啊，挥镰割草的白衣女人，
> 黝黑，健壮，干起活来厚颜无耻。

诗人还把战争比喻成杀人如麻、嗜血成性的怪兽，虽然能横行一时，但终将被正义所战胜：

> 要明白，人啊，世上有羞耻二字，
> 砍光西伯利亚森林给你们做拐杖，也不够用，
> 还是从斐济岛另请高明吧，
> 不惜花费数年功夫
> 向那些黝黑和阴郁的老师学习
> 如何用人手做一道美食。
> 啊不，朋友们！

> 让我们庄严地走向
> 一身长毛杀人如麻的战争巨人。
> 让我们一如既往,勇敢地呐喊:
> "无耻的猛犸,等着长矛穿心!
> 竟然把男人当猎物,活剥生吞。"

值得关注的是,在解释这场世界大战何以会失败时,赫列勃尼科夫依然坚信,此乃历史发展的数字规律使然。

革命是赫列勃尼科夫创作中的又一重要主题。尽管对政治一窍不通,尽管世界观充满理想主义色彩,但在十月革命爆发后,赫列勃尼科夫还是义无反顾地站到了革命一边。革命激发了他的创作热情,拓宽了他的创作题材,改变了他的诗歌视野,为他通过创作来展示历史巨变和斗争激情提供了可能性。时代氛围在他的诗中得到强烈表达,"自由"这一贯穿赫列勃尼科夫整个创作的主题得到新颖而独特的阐释:

> 自由来了,赤身裸体,
> 把鲜花抛向每个人的心,
> 我们同她一起向前阔步,
> 跟青天交谈,以"你"相称。
> …………
> 永远,永远,这里,那里,

人民将成为国家的主人!

(《自由来了,赤身裸体》,1917)

俄罗斯给了成千上万的人以成千上万的自由。

好事情!人们将久久牢记这一善举。

…………

衬衫的牢狱瓦解了,

而我干脆脱掉衬衣

让我的人民接受阳光的沐浴。

(《我与俄罗斯》,1921)

诗人把革命看作化为现实的未来,尽管远离生活,耽于幻想,对革命的理解不乏幼稚之处。革命的"自发力""街头的欢声笑语"闯进他的创作并带来新的主题。作于十月革命后的《战壕一夜》(1920)、《现在》(1921—1922)、《洗衣女工》(1921—1922)、《苏维埃前夜》(1921)、《夜间搜查》(1921)等,是格调高昂的公民诗歌,堪称"未完成的史诗"(斯捷潘诺夫语)。

赫列勃尼科夫试图在一个宏大背景上进行广泛的概括。这种对时代的非凡性、"宇宙性"的感觉不光为一生都在追求非凡事物的诗人所独有。人类历史的一个新纪元即将到来,对此,勃洛克、马雅可夫斯基,每个人都有独特的理解。赫列勃尼科夫将革命理解为一场规模空前的转折,一种化为现实的无与伦比的果敢精神。摆脱了剥削和压迫的人,变得比神的威力还强大。新的世界和谐已经开始,不公正的时代已经过去,人类创造的伟大时代正在到来。长诗《拉多米尔》(1920)就是一首革命的礼赞。

"拉多米尔",俄语 Ладомир,是赫列勃尼科夫生造的一个词,由和谐 лад 和世界 мир 两个词合并而成,意为"和谐世界"。整部长诗洋溢着时代的浪漫主义气息,发泄了由来已久的仇恨,也发出了斗争的呼唤。当然,人类对未来的理想在长诗中也得到体现。赫列勃尼科夫富有诗意的、幻想的改造世界方案具有迷人的生动性和形象性。这里有关于未来城市的设计("让洛巴切夫斯基的曲线/点缀每一座城市"),有关于未来语言的构想("把大地的一切言语/注入凡人的一次交谈"),有关于时间规律的描绘("他拿来一列数,像拿着一根棍子,/他从无我中取出词根,/清楚地发现里面有条美人鱼"),甚至还有表面有些顽皮、实则严肃认真的对未来创造性劳动的预言("在勤劳与偷懒之间,/将划上一个等号。")。爱的语言回荡在世界的每个角落:

伏尔加河说"我",
扬子江说"爱",
密西西比河说"全",
多瑙河老人说"世",
恒河之水说"界"。

…………

爱的语言在世界上空回旋，

雅歌的歌声响彻九天。

…………

请用爱，而不是粉笔，

描绘未来的画卷。

(《拉多米尔》)

整个长诗充满了对未来的美好向往。创造者、革新家和发明家带领人们，放声讴歌"和谐世界"，意气风发地走向未来。

就这样，赫列勃尼科夫的诗歌意识突破以往的斯拉夫主义局限，走向"世界大同"理想。而在诗人看来，人类要真正实现这一理想，避免重蹈世界大战的覆辙，就得消除彼此之间的障碍和隔阂，为之创造一种超越族界和疆界的普世语言，也就是赫列勃尼科夫所说的"宇宙语言""星球语言"。赫列勃尼科夫为此进行的语言实验，其宏观立意即在于此。

三

在赫列勃尼科夫的诗歌世界里，数字占有引人注目的地位，这与诗人的世界观以及对待语言的实验态度密切相关。

作为一个"数的艺术家"，重大历史事件的预言者，赫列勃尼科夫对神学兴味索然，可对解释历史预言却很感兴趣。尽管从前古时的解释不科学，但他本人还是希望有科学支撑。科学还可以解释关于反基督徒的预言，因为这是神话，而神话自身有其被期待、可实现的一面，如关于飞毯的神话，便由于飞机的发明而成为现实。在《论研究民间神话的好处》（1916）一文中，赫列勃尼科夫发现，在一系列有关敌基督的预言中，"隐含着这样一个学说，即认为人类是一个统一的家族，所有国家都应联合成一个地球公社。但假如为适应飞行条件而进行的精确科学研究能导致我们对飞毯问题的解决，不正是那些适用于社会学说的精确科学将解决敌基督的问题吗？"赫列勃尼科夫认为，宗教提供的是自己的世界图画，而科学提供的是自己的正确图画。一切工作都是为了创造科学法则，到那时才可以解释未来，指出古代的做法多么不科学。只有通过数学公式，才能揭示历史规律，因为没有什么比数学更精确。

> 我突发奇想：对深渊上方的数字
> 加以研究，定会不无益处。
> 我不由自主地编排着一些数字，
> 仿佛是要回到创世之初。
> 我计算着，最后一个没有
> 得到满足的高卢人会何时死去。
> （《给你们》，1909）

就这样，诗人下定决心，要"对历史予以数学理解"。

从 1910 年代中期起，数字、公式、方程、图表成为赫列勃尼科夫创作的标志性特征之一，其地位仅次于造词。传统上，人们将赫列勃尼科夫的数字神秘主义视作他的预言天赋或学术天赋，这是一方面，另一方面，则视作他艺术世界的独特性。赫列勃尼科夫对数学的修正不限于代数，还有不大为学界所注意的几何。赫列勃尼科夫的数字方案，机制本身，可以复原为两个阶段。开始是将代数和几何融入诗学和语言，形成一种观念，然后再将这种观念融入创造生活策略。动态地看，赫列勃尼科夫的数字神秘主义，经历了两个阶段。起初，作为一位语言实验者，他只是出于对数学和历史的强烈爱好，深信操作极其简单的数学是能够开启一切的钥匙，可以破解战争产生的周期和性质，认识各族生活和个体生活，沟通各种语言，包括俄语。经过一番相应的测算，赫列勃尼科夫推导出了时间"规律"（更确切地说是历史规律）和语言规律，并希望能够以此来预测未来战争，向命运争和平，为人类谋幸福。赫列勃尼科夫既像是一位先知，也像一位立法者。从后者的角度而言，他创建了两个新机构，旨在将人类团结起来：317 位地球主席和星球语言，并构思建立一个崭新的、具有地球和宇宙规模的国家。

这是就整体而言，具体说来，根据帕诺娃的考察，赫列勃尼科夫的神秘数字可以分为两类：一类是世界的统治者，一类是它们的隶属者。在世界的统治者中，开始居住的数字是 365，一个传统的神圣数字,即一年的天数。365 减去 48(显然是阴历一年的周数)便等于赫列勃尼科夫个人发现的神圣数字 317,这个数字其实是由传统的三个神圣数字组成的——1、3、7。317 也是地球主席的数量,还是截止于 1920 年所有大规模战争的间隔。365 加上 48,则得数 413 同样是一个意义重大的数字,这是国家兴替的周期。赫列勃尼科夫还对数字 28 进行了一番实验性考察。这个数字是代际交替和"星球字母"的周期。1920 年,赫列勃尼科夫的注意力转向 2 和 3。在《命运的板报》(1920—1922)中他赋予这两个数字以下含义:2,是个吉祥数字,是重大事件发展的基础,标志着自由,而 3,是个不吉利数字,是重大事件的反向运动。"星球字母",即以辅音 Т 和 Д 开头的一些词语,则为这两个含义提供了佐证:

Трата и труд, и трение,

Теките из озера три!

Дело и дар — из озера два!

消耗和劳动,还有摩擦,

从三的湖中汩汩流出吧!

事业和才干——从二的湖流出!

(《消耗和劳动,还有摩擦》,1922)

365 和 317,然后是 2 和 3,反映在日期上,便是赫列勃尼科夫感兴趣的第二类数字。这一算法可以证明秋千定律，或者说，经过一定的间隔，一切还会循环往复：一次事变之后，随之而来的是"反事变"，占领之后是反占领，人出生后是其建功立业，一代人之后是另一代人。当然，由于在事变与反事变之间的间隔期移动的"振动波"使然，情况有时会复杂一些。

赫列勃尼科夫以时间规律的发现者姿态宣称，他已彻底找到空间规律（恰逢当时的物理学发生根本性变革！）。准确计算出俄国海军将在对马岛海战（旧历 1905 年 5 月 14—15 日）中遭遇惨败，是赫列勃尼科夫的牛刀初试。他认为，非如此不足以说明白为什么俄军损失更为惨重。赫列勃尼科夫还将他的测算活动用于军事术语，如时间之战和时间包围，将他的立法活动用于国家术语，如时间国、时间国王、317 联盟和地球主席。

在《老师与学生》的师生对话中，诗人预言了俄罗斯国家的崩溃，令人惊讶不已。"学生"这样表述自己的发现：约翰节那天我找到了自己的蕨菜——国家崩溃规则。导出这一规则的是一个带 365 的方程，根据这一方程，假设 534 年汪达尔王国被征服，那么是否可以断定 1917 年国家将会崩溃？1917 年爆发了俄国十月革命。当然，这场革命在何种意义上可以与国家崩溃划等号，是否充其量只能视为国家制度的一次改变，是个值得专门讨论的问题。

根据赫列勃尼科夫的推算，海战的发生周期是 317 年或它的倍数。赫列勃尼科夫进而得出结论：控制那些一再重复的历史事件的不是盲目的宿命，而是数字（《1915—1917年间的战役》，1915）。

《我仔细谛听你们，数的气味》（1912）、《野兽＋数字》（1915）、《拔都与派》（1920）、《1789年》（1921）等诗都体现了数字神秘主义的立意。由此也不难理解，为何赫列勃尼科夫的作品会经常插入数学公式、几何图形乃至物理语言：

如果一个点止步于一个面积的宽——这便是艾尔。
因受力面积增大
而缩小的压强——这便是艾尔。
就是这样一个动力装置，
隐藏在艾尔背后。
（《艾尔打头的词》，1920）

数占据了赫列勃尼科夫诗歌世界的重要组成部分，他为此花费了许多笔墨。尽管他追求科学性，确信自己发现了数的"科学性""数是世界的尺度"，并认为他的发现可以比肩哥白尼和牛顿，因为他为人类，为人类福祉带来一个至关重要的真理。但对他的"数字神秘主义"，至今评价不一。正如弗拉基米尔斯基所言："赫列勃尼科夫在创建'历史的数学哲学'方面所做的多年努力通常被视为'神话诗学思维'现象。还有人认为，对时间规则（赫列勃尼科夫的术语）的探索乃是毫无理性成分、几乎疯癫的痴心妄想。然而,只要对诗人创作遗产这一部分加以细究,便不难发现,我们在此遇到的其实是一种严肃的尝试,即要解答一个迄今仍未得到研究甚或未得到明确表述的问题。就自己的这一爱好而言,赫列勃尼科夫堪称一位有趣和深邃的思想家,非但生前不为自己周围的人所理解,也未被其作品后来的读者和研究者所理解。"

四

在赫列勃尼科夫看来,改造世界的途径不唯存在于数字的秘密中,也存在于词语的秘密中,而通过不受限制的语言实验,便能破解词语的秘密。

赫列勃尼科夫的语言实验,主要包括两个方面:一是创造新词,二是创造超智语言,或曰无意义语。

不少学者对赫列勃尼科夫的造词方法做过详细的考察和描述,归纳起来看,主要有两大途径:添加词缀和派生。添加词缀包括添加后缀,如 сверкайность(来自 сверкать,闪耀)、Годунович(来自姓氏 Годунов,戈东诺维奇,即戈东诺夫之子)、кличень(来自名词 клич,召唤)、кричаль(来自动词 кричать,喊叫);添加前缀,如 перерод(来自 род)、проус(来自 ус);同时添加前缀和后缀,如 переодея(来自 одеваться)、неутомчивый(来自 утомлять)、неразлюбляемый(来自动

词 неразлюблять，不会失恋的）；同时添加后缀和后缀成分，如 милеться（来自形容词 милый，作可爱状）、ниагариться（来自 Ниагара）、чинариться（来自 чинара）、любляться（来自 любовь）。派生分以下几种情况：一是感染错合，或叫首尾拼合，即截取一词的词首和另一词的词尾，将二者拼合起来，如 вружба（由动词 врать 和名词 дружба 合成）、бьюга（由动词 бить 和名词 вьюга 合成）、хоролева（由形容词 хороший 和名词 королева 合成）、нравда（由动词 нравиться 和名词 правда 合成）、миристель（由两个名词 мир 和 свиристель 合成）、любес（由 любовь 和 небеса 词根错合而成）、мирел（由 мир 和 орел 词根错合而成）、Мирязь（米利亚济，即和平勇士，由 мир 和 визять 合成）；二是反向派生法，或称逆向构词法，这种方法赫列勃尼科夫用得较少，如 пев（来自 напев，曲调）、прач（来自 прачка，洗衣女工）、бурк（来自动词 буркнуть，嘟哝）、людимый（来自 нелюдимый，不合群的）；三是叠加法，这种方法是受突厥语启发。用一个差不多平等的补充成分对一个词进行匪夷所思的修饰，新词中的一个成分有可能丧失新词的词汇意义，但借助剩下的一个成分的语义，或借助词素成分的明晰还是可以看懂的，如 гуляр-воляр（自由自在的鸽子）、очи-мочи（万能眼）、судри-мудри（贤明的首陀罗）；四是变换法，这一方法在赫列勃尼科夫那里不是主要构词法，比较少见，如将阴性名词 зыбь（涟漪）变换成 зыба，动词 мочь

（能够，可以）变成形容词 могий（能够的，可以的），代词 сам（自己）变换成 самь，阳性名词 сон（梦）变换成中性的 сно；五是融合法，主要用于创造新的名词，形容词和副词比较罕见，如 мирсконца（乾坤颠倒，或倒着读的世界）、меняубийца（杀我者）、люби-отца（爱父亲）、будивремена（唤醒时间）；六是词干复合法，包括后缀复合，用于创造新的名词和形容词，如 люде-любийца（由"人"和"爱"的词根复合而成）、Чумнобог（由形容词"瘟疫的"和名词"神"复合）、алошар（由形容词"红的"和名词"球"复合）、алоужасы（由形容词"红的"和名词"恐怖"复合）、крылопад（由名词"翅膀"和名词"坠落"复合）、вселеннеокий（由形容词"宇宙的"和形容词"眼睛的"复合）、веселоглазый（由形容词"欢乐的"和"眼睛的"复合）、свирепо-свинцовый（由两个形容词"凶残的"和"铅的，铅青色的"复合）、весногубый（由名词"春天"和形容词"嘴唇的"复合）；七是词的复合法，此法用于创造复合型名词，如 люд-лучи（光人族）、Я-бог（神我）、я-государство（国家我）、Я-мир（世界我）、радиочитальня（无线电阅览室）。[顺便提一下，现代俄语中通行的 атомная бомба（原子弹）和 летчик（飞行员）这两个标准词汇也是出自赫列勃尼科夫之手。]

除了以上途径，赫列勃尼科夫还通过纳入俄语中不使用的词语形式以及俄语标准语中不使用但是存在的词语如方言、古语、借词等来扩充他的词库。

赫列勃尼科夫总共创造了多少个新词？有人做过粗略的统计：1 300多个，其中较为典型和常见的有220多个。这些新词遍布赫列勃尼科夫的短诗和长诗，以及具有个人特色的体裁如"戏剧诗"和"超小说"之中，成为赫列勃尼科夫诗歌世界的标志和符码，是其神话诗学和语言乌托邦的建构基础。如此大规模的造新词，无疑是一项令人生畏的系统工程。赫列勃尼科夫自感仅在创作上身体力行是不够的，必须在理论上予以必要和充分的阐发。在《我们的基础》尤其是《赞格济》（1920—1922）里，诗人推出了雄心勃勃的一揽子心得和计划。

作为一个创造新词的诗人，赫列勃尼科夫在创作实验中追求的是同样一个重要的真理——发现语言的第一要素，并给人们提供一个服务于人类统一的新工具。这不是滑稽可笑的语言游戏，而是严肃认真的科学研究。对赫列勃尼科夫来说，诗歌是语言的实验室，而诗人就是揭示人类所需要的语言规律的实验员。

稀奇古怪的"赫列勃尼科夫语言学"始于语言的第一要素——字母。字母表是基础的基础。赫列勃尼科夫感兴趣的只是辅音。他认为，"一个普通词的第一个字母能够统帅全词——命令其余。"他轻视元音，将它们视为语言的母性成分，只起联系作用，没有独立意义。辅音字母的含义深刻而重要。如果说，存在词源学的话，那么，赫列勃尼科夫则是在发明字源学，即字母的来源学，在那里，"字母就是字母本身"。

在赫列勃尼科夫看来，字母是有生命的，互相作用的，在它们背后，显现出来的是一系列完整概念，一整个诗歌大陆：形形色色的视觉形象、听觉形象、色彩形象在字母假面的狂欢节上济济一堂，忽隐忽现。

值得注意的是，赫列勃尼科夫还通过对词语中的字母加以替换，赋予词语新的意义。这一点可以称之为"印刷错误规则"。"您记得吗，有时印刷错误会给人以怎样的摆脱这个世界的自由啊。"赫列勃尼科夫在《我们的基础》(1919)一文中写道，例如，"喜欢什么就依靠什么的政府（правительство），可以称自己为喜府（нравительство）"。将贵族（дворянин）的第一个字母д替换成т，"我们就可以造出一个新词——创族，即生活的创造者"。《拉多米尔》中就有这样两行：

这是将Д替换成Т的
创造者家族在行进。

诗人甚至把阶级斗争的概念也扩大到字母领域。比如，在长诗《空中的一道划痕》(1920)中，诗人用пан和холоп两个词的首字母来指称"老爷"和"奴隶"，写大权在握、高高在上的П和地位卑微、忍辱负重的X终于爆发冲突，难免一战，然而，一旦将后者的л植入前者，形势立刻发生逆转：地主пан成了倒台пал，奴隶们欢呼胜利。再如，赫列勃尼科夫认为字母К是一个具有反革命性质的字母（卡列金、克拉斯诺夫、科尔尼洛夫、高尔察克的姓氏都是 K 打头）。Л 则相反，是一个革命字母，列宁、卢那察尔斯基、李卜克内西乃至老子的姓氏都是 Л 打头。

不言而喻，不能把赫列勃尼科夫的"字母规律"看成科学创造，这同样是诗歌幻想。但诗人坚信它的真实，并珍爱这种幻想，正如任何一个艺术家都珍爱自己的想象所创造的形象。对他来说，无论是字母中，还是数字中，都有历史的声音，国家的兴亡，有剑的呼啸，马的嘶鸣，战斗的喧嚣："我们是宿命的嘴唇。我们来自俄罗斯大海深处。我们这些战士在国家中，开创一个新的阶层。"

语言的自发力与人民和自然界的自发力同出一源。就像人对自然界的认识永无止境一样，对语言的认识也是永无止境的。"显而易见，语言跟自然界一样具有智慧，并且，我们只是随着科学的成长，在学习阅读它。"赫列勃尼科夫确信，活的俄语正处于创造新词的不间断过程中。"创造新词是语言文字僵硬化的敌人，它根据语言至今仍在河流和森林附近的乡村被创造着这一事实，每时每刻都在造词——这些词有的会夭折，有的将不朽——并把这不朽的权利转移到文字的生命中去。新词不光应该具有名称，还应该指向被指称的事物。创造新词并不破坏语言规则。"

于是，赫列勃尼科夫的创作由"创造新词"走向"词语本身"，走向"自在之词"和世界性的"超智语言"："在不突破词根范围的情况下,找到一块能将所有斯拉夫语词千变万化的魔石,将一个词变成另一个词——随心所欲地冶炼斯拉夫语词,这就是我对语词的第一个态度。这种自在词是游离于日常生活和生活功利的。在发现词根只是一个幽灵,且站在它们身后的是字母表的琴弦以后,找到由字母单位建立起来的所有世界语言之间的统一,这是我对语词的第二个态度。这是通向世界性的超智语言之路。"(《自述》,1919)

赫列勃尼科夫探索非符号语言的方向之一就是赋予一系列辅音以特定色彩意义,诗人称之为"音响表现法",被马尔科夫誉为"超智语言璀璨珍珠"的《"博白奥比",嘴唇唱道》(1908—1909)一诗应该说是这方面的首次尝试:

"博白奥比",嘴唇唱道,
"歪艾奥米,"眼睛唱道,
"皮艾艾奥,"眉毛唱道,
"利艾艾艾伊,"面颊唱道,
"格兹格兹格泽奥,"项链唱道。
如此,在由某些对应构成的画布上,
在长宽之外,活着一张脸庞。

据赫列勃尼科夫在《老师与学生》(1919)一文中的自述,他是受到马拉美和波德莱尔视觉与听觉"对应(或通感)"理论的启发，而对辅音字母的色彩做出定义的："7年前，我给出了我对这些对应的理解。б是鲜红色，所以是博白奥比红色嘴唇唱道，歪艾奥米（в）是蓝色，所以是蓝色眼睛唱道，皮艾艾奥（п）是黑色，以此类推。"而在《音响表现法》一文中，诗人又进一步写道：м是蓝色，л是白色，象牙，г是黄色，в是蓝色，б是红色，鲜红，с是灰色，з是金色，к是天蓝色，н是淡红，п是黑里带红。凭借以上提示，《"博白奥比"，嘴唇唱道》用音响移植绘画的意图以及肖像画上那名女子的面貌和首饰特征便昭然若揭了，然而"博白奥比""歪艾奥米""皮艾艾奥""利艾艾艾伊"和"格兹格兹格泽奥"究竟何意，作者并没有任何交代，读者尽可八仙过海，放开想象。

超智语言接近"潜意识语言"，亦即接近随心所欲但又具有自己独特表现力的音响组合。《加里西亚之夜》（1913）一诗就是一个鲜明的例证。诗中美人鱼的"呼嚓，呼嚓，呼嚓。啪呲，啪呲，啪呲"和女巫的"沙嘎当，马嘎当，维嘎当。丘赫，丘赫，丘赫"等诸如此类的音响组合，仿佛产生于祷告和诅咒的迷狂状态，就是一种所谓的莫名其妙语言。看得出，诗人在此是借鉴了民间巫术和咒语，他试图从古代民间创作中，从多神教和童话中，为自己的新学说找到依据。

关于赫列勃尼科夫对待诗歌语言的态度，其背后的逻辑，雅各布逊这样解释道："当代诗语的每一个事实，被我们接受，不可避免地要通过与三个因素的比较——现有诗歌传统、当今实践语言和当代诗语所面临的任务。"针对最后一个因素,赫列勃尼科夫做过这样的描述:"当我发现旧的诗句突然变得暗淡,当隐藏其中的未来成为今天,我明白了,创作的故土乃是未来。词语的众神之风正是从那边吹来。"为此,诗人还形象地写道:

> 要学会在语词的采石场
> 挖掘未来蜥蜴的痕迹,
> 用一块块骨头筑起骨架。
> 在过去那里我们只是客,
> 未来才是我们的家。

赫列勃尼科夫的气魄是恢宏的,目标也是伟大的。诗人自认为,他的语言实验是造福于地球的。"超智语言乃是未来世界语言的雏形。只有它能将人们联合起来。智性(理性)语言已经在把人们分开。""世界语言或世界大战——二者孰优孰劣?"赫列勃尼科夫认为,人们的选择只能是二者必居其一。

曼德尔施塔姆指出:"赫列勃尼科夫把语言想象成一个国家,但绝不是空间上的,也不是地理上的概念,而是时间上的概念。赫列勃尼科夫不知道什么叫同时代人。他是全部历史的公民,是语言和诗歌的公民。他仿佛是一个患有痴呆症的爱因斯坦,分不清究竟是铁路桥离我们近,还是《伊戈尔远征记》离我们近。赫列勃尼科夫的诗作显得痴呆,这是从这个词的真正的希腊语里的意义上来说的，没有一点贬义。同时代人，无论过去还是现在，都不能原谅他为什么在他的诗作里没有一点时代的激情。"

五

赫列勃尼科夫对语词潜力的挖掘，对创造新词的痴狂，在很多方面为后来的诗歌革新开辟了道路。曼德尔施塔姆这样评价他："赫列勃尼科夫就像鼹鼠一样，折腾着语词，在地下挖掘出一条通向未来整整一百年的通道。"他无愧于"诗人的诗人"和"文学革命家"称号。

赫列勃尼科夫的诗以难懂著称。但这种难懂，换个角度看，倒也可能正是其魅力之所在。马尔科夫说："赫列勃尼科夫诗歌的难度不允许裹足不前和墨守成规。……也许，上天派他来的目的不是'欣赏'，而是推动。他是治疗审美迟钝的一剂良药。"赫列勃尼科夫本人则坦承："诗可以是读得懂的，也可以是读不懂的，但必须是百看不厌，名副其实的。"

翻译赫列勃尼科夫，其难度不言而喻。首先是理解，诗人知识渊博，堪称一部百科全书，在他笔下，从猛犸象到小昆虫，从各种树木到各色花草，从斯拉夫神话到东方习俗，可谓上天入地，古往今来，无所不包，译者的知识常有捉襟见肘之感；他以创造新词为乐，有的新词，根据现有规则顺藤摸瓜不难破解，有的则颇费思索，乃至不知所云；在句法上诗人也时常突破现有规则,形象不受制于既定形态,纵横交错,节奏富于跳跃性,语调转换频繁,凡此种种,无疑都增加了阅读难度。其次是表达,即便突破了理解障碍,要找到恰如其分的汉语译文,也是困难重重。就拿制造新词来说,在不打破汉语极限的情况下,译者不妨亦步亦趋,全力一试,不排除会偶有所获,但大多数情况是勉为其难。能准确译出文意,已属不易。

试举《令人心仪的睫毛下》(1918)一诗为例:

Сияющая вольза

Желаемых ресниц

И ласковая дольза

Ласкающих десниц.

Чезори голубые

И нрови своенравия.

О, мраво! Моя моролева,

На озере синем — мороль.

Ничтрусы — туда!

Где плачет зороль.

在这首短短 10 行的小诗里,作者生造了 8 个新词,其中除了 чезори 和 нрови,意思上都存在争议,或者说可以有两种乃至更多读法:有说 вольза 和 дольза 分别是 воля(自由)、

доля（命运）与польза（好处）的合成，也有说这两个新词来源于влажный（湿润的）和долгий（长久的）的古俄语词形；мраво一说是与死亡含义有关的词根мор（мер-、мр-）与喝彩声браво（好！）的合成，一说是то, что мне нравится（我喜欢的东西）的浓缩，然而，根据赫列勃尼科夫的构词法，这既可能是мор与царство（王国）的合成，也可能是мраз（мороз的旧词）与царство的合成，此种情形在《笑的咒语》中出现过（смейево）；моролева和мороль的后半部分显而易见，是王后和国王的意思，问题在мор如何解，是上面说的мор（死亡）还是мороз（严寒）；还有зороль，这个合成新词的前部究竟来源于зоря（朝霞、晚霞）呢，还是如有的学者所说，来源于动词злиться（发怒）？考虑到赫列勃尼科夫曾自称"时间之王"，将该词理解成霞光之王，引申为时间之王（时王）也不无根据。有意思的是，如果保持意义的贯通，两种解读似乎都成立，这也正是作者想要达到的效果："词语特别强大，一旦它们具有两层含义，一旦它们成为洞察秘密的火眼金睛且第二层含义能穿过日常含义的云母透射出来。"至于翻译，基于对该诗的不同解读而生成不同的译文，也是顺理成章的。

早期代表作之一《蚂蚱》(1908)中也有类似情况。最大的分歧出在对крылышкуя一词的理解。这是作者生造的一个新词，但这究竟是个合成词还是单一词，不同解读者之间也存在争议，有认为是单一词的，有认为是复合词的，而且，即便同意这是个复合词,对其构成也是看法不一,有人认为是 крылышко (翅膀)和 ковать(铸造)的合成,有人认为是和 ушкуй(乌什库船,古代一种有帆有桨的平底大船)或 ушкуйник(古代贵族和商人的武装民团,乘乌什库船打劫和经商);而诗中的另一个词 вера,也由于作者的一个自注,陡然出现两种解读的可能:标准语的"信仰"和方言中的"植物"。尽管作者自注宣称是后者,但还是有多位英语和德语译者坚持译成前者。

再举一例——《笑的咒语》(1909):

О, рассмейтесь, смехачи!

О, засмейтесь, смехачи!

Что смеются смехами, что смеянствуют смеяльно,

О, засмейтесь усмеяльно!

О, рассмешищ надсмеяльных — смех усмейных смехачей!

О, иссмейся рассмеяльно, смех надсмейных смеячей!

Смейево, смейево!

Усмей, осмей, смешики, смешики!

Смеюнчики, смеюнчики.

О, рассмейтесь, смехачи!

О, засмейтесь, смехачи!

该诗通篇由俄语"笑"的词根衍生出来的 32 个词(包括重

复使用的）连缀而成，其中现代俄语中存在的词语有 8 个，其余 24 个词则皆为作者生造的。这些"笑"，词形不同，意思各异，但都围绕着"笑"这一个中心动作：自己笑，逗人笑。而分属于不同词类的各个词形，有的是被诗人激活的古语形式（动词 смеянствуют，名词 смеюнчики 和 смеячей），有的是现代俄语形式（名词 смехачи，动词 иссмейся），有的则是古今皆无的纯粹新形式（动词 усмей 和 осмей，副词 смеяльно 和 усмеяльно，形容词 надсмеяльных 和 усмейных，名词 смейево 和 рассмешищ）。赫列勃尼科夫将这种创造新词词族的方法称为同根法。这些新词，其语义看似不难揣摩，但也可能产生歧义。对其语义的判断不能脱离构词法。例如 смехачи，构词方式可以理解为 смех 加后缀 -ач，也可以理解为 смех 与另一个词的合成，比如与 силач（大力士）的合成，马雅可夫斯基就持这种看法，或与 циркач（马戏演员）的合成。无论何种解释，从全诗语义和作者的构词逻辑来看，都能自圆其说。Смейево 一词也存在类似情况。正是借助这些"天书"一般的新词，或说"星球语言"，作者既可塑造出一些全新形象，也可对旧形象做出新阐释。最重要的是，这些新词成为了作者风格的组成部分，正是借助这些新词，赫列勃尼科夫的世界观、信念和愿望得以表达。也正是借助这些新词，赫列勃尼科夫创造了未来的语言，这未来的语言也创造了他。马雅可夫斯基说："赫列勃尼科夫创造了一个完整的周期性词语系统。取来一个形式有欠发达、不为人知的词语,与一个发达词语相比较,他由此证明了出现新词的必要性和必然性。"读赫列勃尼科夫的诗,会给人以在过去、现在和未来之间穿梭的错觉。毫无疑问,面对《笑的咒语》这样的不可译之作,要正面迎战,目前仍无实质性突破。最终译者不得已退而求其次,部分借鉴勃留索夫倡导的"回炉法",即"将紫罗兰放进坩埚,分解成若干基本要素,然后再用这些要素重新做成紫罗兰",将这首实验诗的代表作译成现在这个模样,相对于理想目标而言,恐怕也只能说是"还在路上"。

《爱的交响乐》(1908,1912)与《笑的咒语》有异曲同工之妙,只是篇幅上十倍于后者。该诗全篇共有305个词,除了"我""美食"和"人"三个词,其余均为由俄语"爱"的词根 люб 衍生出来的同根词。为了减轻读者的阅读负担,作者在笔记中对部分新词做了简单的提示和注解,如:Любище——爱的地点。Любень——讨人喜欢者。Олюбь——可以爱的一切。Любик——可爱的,任何一个爱着的。Люблый——曾经爱的。Любило——爱的心,爱的工具。Любота——与 сирота(孤单)或 острота(敏锐)合成。Любой——与 бой(战斗)或 разбой(抢劫)合成,指爱的现象。Любель——爱的单独表达。由此不难窥见,作者造词能力之强,想象力之丰富,实在令人叹为观止,同时,也会让译者望而却步。

确实,以现有翻译理论和实践经验来衡量,赫列勃尼科夫无疑是"抗译性"和"不可译性"的绝佳范例。尽管如此,还是有很多译者难抵原作的诱惑，明知不可为而为之，争相对那些不可译之作给出各自的解决方案。如《笑的咒语》，德语译文竟有9种之多，而《蚂蚱》则有5种英语译文、4种德语译文。鉴于赫列勃尼科夫翻译的特殊性，德语译者、诗人帕斯狄奥尔一再宣称，他的赫列勃尼科夫翻译不是一般的"翻译"，而是"创译"。对此，我本人深有同感。

加塞特认为，翻译"应当被视为人类第一等的脑力工作"，并主张"我们在从事翻译的时候，应当努力从自己的语言中迈出去，迎接其他的语言，而不是反过来——像人们常做的那样——让外语适应自己的母语。"必须承认，最大限度"突出原作的异质和遥远"，同时兼顾可读性，远比"贴合母语风格"更具挑战性和建设性。只是知易行难，最终的结果往往是两种原则的折中。

六

我上个世纪80年代中期留苏期间初次接触赫列勃尼科夫的诗，回国后翻译了25首他的短诗，收入《俄国现代派诗选》；编译新版《俄国现代派诗选》时，又将篇目扩充到40首。2018年夏，我趁赴俄进行当代文学采风之机，专门前往诺夫哥罗德鲁契村，参观赫列勃尼科夫纪念馆和诗人临终前落脚的那间简陋浴室，到乡村墓地凭吊赫列勃尼科夫墓。听纪念馆馆长斯维特兰娜·尼古拉耶娃介绍，纪念馆虽然地处偏远，但不分远近前来参观的游客络绎不绝；纪念馆每年在诗人的祭日，都要举办全国性纪念研讨活动，且时常有国外学者与会。我知道，欧美国家颇有一批赫列勃尼科夫的崇拜者、研究者和翻译者，德国从上世纪70年代起，陆续出版过两卷本的《赫列勃尼科夫文集》，美国也于90年代出版了英译三卷本《赫列勃尼科夫文集》，相形之下，我国的赫列勃尼科夫翻译明显落后，这也进一步增强了我的紧迫感。

这部《赫列勃尼科夫诗选》，编选和翻译所依据的版本主要是苏联作家出版社出版的《赫列勃尼科夫作品集》（Велимир Хлебников. Творения. Общая редакция и вступительная статья М.Я. Полякова; Составление, подготовка текста и комментарии В. П. Григорьева и А. Е. Парниса. –М.: Советский писатель, 1986）和俄罗斯科学院高尔基世界文学研究所遗产出版社出版的《赫列勃尼科夫文集（六卷本）》（Велимир Хлебников. Собрание сочинений в шести томах. Под общей редакцией Р. В. Дуганова. –Москва: ИМЛИ РАН, Наследие, 2000-2006），由于赫列勃尼科夫的诗大多生前未及发表，后经专家根据手稿整理刊行的版本有不少存在一定出入，就是生前发表过的作品，同一首诗，也有可能前后并不完全一致，遇到这种情况，则两个版本互相参照，在权衡之后做出取舍。

本书译毕交付出版之际，译者既感到如释重负，又不免心中忐忑。从一定程度上或可说，这也是一个"知其不可为而为之"的产物，其中的功过得失，还要请高明的行家检验。

本书翻译过程中，得到叶莲娜·鲍尔蒂列娃教授、安娜·季马科娃副教授和我的博士研究生阿丽莎·鲍里索娃及时有力的支持和帮助，在此谨向她们致以深挚的谢意。

郑体武
2021年初秋于沪上

目录

笼中的鸟　1

朝圣者啊，你可看见　3

愤怒之鸟　5

我参透了数字的奥秘　6

我是时间少年　7

我歌唱你，蓝色的梦　8

另一种命运的海鸥　9

时间芦笛　10

宇宙轴心的星球纳贡者　11

美人鱼想要用　12

假右的呻吟有着　13

可他是谁，黑暗之眼　14

我知道　15

为我唱一唱纯洁无瑕的少女们吧　16

召唤　17

白云公主飘浮着哭喊着　18

我吹奏我的芦笛　19

黝黑、阴郁而又优雅　20

克里米亚即景　22

东西从口袋里　29

哥萨克　30

在那里，太平鸟如芦笛啼唱　33

时间芦苇　35

西徐亚风俗　36

哑默引弓，哑默之弓　41

我赞美他暴虐的飞行　42

火烈神啊，火烈神　43

我用火与刀雕刻世界　44

我呻吟过，爱过，称她是我的　45

一个哥萨克从高高的瞭望台上　46

当一群群的报时鸟　47

米季尼奇，一个瞬间　48

俄罗斯忘记了种种饮料　49

湖　50

我看得见巨蟹座、白羊座　52

岔路口上的林妖　53

河水奔向远方　54

我们全都上前探视　55

亚当和夏娃在世时　56

召唤在融化　57

啊女人们！啊小兄弟　58

乡村召唤您向高处攀登　59

"博白奥比"，嘴唇唱道　60

莫斯科！莫斯科　61

蚂蚱　62

乌云奔走，陀思妥耶夫斯基笔法　63

该把这童话讲给谁听　64

一个栖居在树上的巨怪　65

风的短柄链锤　66

鸟儿们停止了　67

给你们　68

装腔作势的尝试　73

蚂蚱将黄昏　75

我和你平淡无奇　76

出自阴影的光明坠落　77

如果您和我都算自爱　78

云彩仿佛是红色的唇髭　79

小铺里传出："我们赚钱了……"　80

黄昏。乱影　81

一条小狗摇着尾巴，汪汪叫　82

我不知道地球是否旋转　83

草原、花朵、吼叫的骆驼　84

城市，在那里，人们躲避疯狂　86

笑的咒语　88

你们记得因缺少传奇而备感委屈的城市　89

我泅过苏达克湾　92

动物园　94

玛利亚·维乔拉　101

够了，灰白的瘦马，显然　105

我们想对繁星称"你"　106

蛮荒之地　108

列车之蛇　110

阿尔菲奥罗沃　118

大象相争便张开獠牙　121

人，当他们相爱的时候　122

刺入天空的两棵白杨　123

以往我们来此，如温柔的诸神　124

车夫的梦　125

仿佛一片黑云，大雷雨的乌云　126

我合上眼睑便会看见芬芳的浮屠　127

两位朋友都年轻气盛　128

致猛犸的尸体　129

当朦胧的黄昏、晚霞的余痕　130

我们的芜菁十分令人担心　131
回文诗　132
绿色的林妖——森林里　134
一只小狐狸跑了过来　136
身体——花纹的内里　137
秋千的法则下令　140
放荡者的沉思　141
梦——忽而是春雪的邻居　142
摘自盖达马克之歌　143
当一对鹿角在绿草地上抬起　145
我仔细谛听你们，数的气味　146
天空让人透不过气　147
被何人驱逐？我焉能知晓　148
雪白而又强健的美人儿　152
似是而非的人们　153
马死时——呼吸　154
我的眼睛似秋天步履蹒跚　155
相遇的捉弄　156
七人行　157
夜，充盈着星座　162
我胜利了：如今，我将领导　163
我听到两个年轻人的谈话　164

一封被忘却的信滞留在手上　165
在这里，白杨穿透了秋天　167
她走起来，她唱起来　169
我所需不多　171
蔷薇的勇敢伙伴　172
你是青年人的女神　173
毒芹　175
清晨漫步　176
在林中　177
我坐在大象的轿子上　181
作于战前　183
加里西亚之夜　186
啊，蚯蚓　192
致佩伦　193
尴尬之歌　195
今天我还去集市去商场　196
我不会带着声声祷告　197
苹果树散发着安静的气息　198
夜幕下的庄园，似成吉思汗　200
一束黄色的毛茛　202
岁月、人和各族　203
黑国王在众人面前跳舞　204

不论是弱不禁风的日本歌伎　205
坟岗　206
野兽＋数字　207
特里兹纳　209
回忆　211
苏埃　213
湖中的死亡　215
帆船驶向奴隶之城　217
眼睛又忽闪了一下　219
二十世纪之神　221
泡沫的牧神　224
捕鼠器里的战争　226
　　1. 你们可记得　226
　　2. 当地球烧焦了，更加　227
　　3. 马里亚文的漂亮面孔　228
　　4. 1916年4月8日的坏消息　229
　　5. 您神色严肃，您热情洋溢　230
　　6. 泡沫的小姐，牧神的泡沫　231
　　7. 饿狼在那里血淋淋地嚎叫　231
　　8. 号角没有发出毁灭的警报　232
　　9. 我的臂肘无意中碰到了　233
　　10. 少男少女们，回忆一下吧　234

11. 白色的道路　236

12. 闪光的雨水从船桨上滴落　236

13. 人们在洗衣间匆忙地洗涤灵魂　238

14. 你对一只猫崽耳语　238

15. 脚步的马群，大象的铸铁　238

16. 披着飞鱼之网　240

17. 自由来了，赤身裸体　241

18. 这个秋天如此胆小如兔　242

19. 昨天我呼唤鸽子："咕咕，咕咕！"　243

20. 要真正了解这湛蓝的敌意　244

21. 一棵棵银色的幼芽变成孤儿　245

22. 战士啊！你从天空那里　246

23. 你就是那个人——他的理智　246

24. 我，右手的小指上　247

25. 我会忘记列别吉亚国度　248

26. 风——是谁的歌声　251

我把双手，也将我的头脑　252

我的朋友们成群结队地飞　253

我的面书是被这样解读的　254

啊，假如亚细亚能用她的头发　255

百般爱抚的　256

河水奔腾，宛如少女的头发　258

艺术家塔特林　259

人们将眼睑微微闭合　260

如湖面的天鹅，您今天就是　262

人民举起了最高权杖　264

致司火　266

哈尔科夫的欧诺　268

令人心仪的睫毛下　270

关于自由　271

而我　273

一匹马的死亡　277

这一天，一对蓝熊　279

强劲的奔跑，噼啪的奔跑　280

我的白杨　281

聋哑的故国上空："不许杀人！"　283

事出偶然　285

水，在一片蓝色斑点中　287

白色的碟子上一只黑虾　288

春天的谚语和绕口令　289

生命　290

草原石雕　292

我的远征　298

白嘴鸦的秋天的教堂　299

祖先　300

养鸽　301

被解放的个性　302

  1. 绝无仅有之书　302

  2. 亚细亚　305

  3. 当代　311

  4. 复数的祈求　317

蓝色夜空一派蓝色气象　319

未来的城市　320

给阿廖沙·克鲁乔内赫　325

莫斯科的四轮马车　326

劳动的节日　327

高山魔法　331

荣耀属于你，人类的篝火　333

黑寡妇蜘蛛　334

艾尔打头的词　336

啊，城市的食云者！携着镙铐的　341

萨彦　344

大海　348

如一群绵羊打着瞌睡　352

我真伟大。在我的理性中　356

1789 年　358

假如你们要回避沙土　360

爱情的弓弩　361

我是时间的信使，我歌唱　362

除了引力定律　363

水手和歌手　364

各大首都的请求　367

雨　369

午餐　371

呼号吧，呐喊吧，捐献吧！　373

当代　375

人们啊！明天　377

亚细亚　378

姑娘们，她们穿着黑眼长靴　379

献给少女之美　380

头发的破旧布条残忍　381

世人啊！让我们　382

铁匠卡维　383

恩泽利的复活节　386

劳动的那弗鲁兹　390

缘于黑暗的夜晚　393

我与俄罗斯　394

1905 年　396

粗糙的语言　399
疯狂的语言　400
我见过一位少年先知　402
致青年联盟　404
伏尔加河啊，伏尔加河　406
那一年，当姑娘们　408
工厂：炉叉的颌骨，硕大，沉重　409
而我要去西藏，去找你　411
这是蜂神们投奔我们　412
虮子们笨拙地向我祈祷　413
树　414
空气就像一块旧玻璃　415
未来的莫斯科　416
群星的茨冈人　419
群星的茨冈人（异稿）　420
克鲁乔内赫　421
罗斯，你整个就是严冬里的一个吻　423
伊朗之歌　424
伊斯法罕的骆驼　426
波斯之夜　430
波斯的橡树　433
拉　434

夜的滋味——你将这些星星　436
一条水流清冽的小河　437
一束金灿灿的发丝　441
歌谣是进入另一颗心的阶梯　442
淡蓝色的小铃铛　443
一个偏远的小站　444
莫斯科啊，你是谁　445
饥饿　446
假如我把人类变成时钟　450
致科·亚·维诺格拉多娃　453
阿伊月份里的绿色罗斯　455
群狗起义　460
今天，马舒克山像一只灵猩　461
涅瓦河认识许多最后晚餐的眼睛　463
涅瓦河认识许多　464
孤独的艺人　466
但愿那个耕夫，放下耙子　468
孩子们！如果眼睛厌倦了睁得大大的　470
他戴着宇宙的圆顶礼帽　472
别添乱　474
拒绝　476
我呼吁你们用军刀　477

谁？ 478
消耗和劳动，还有摩擦 479
给所有人 481
你好，长老 483
很乐意看见 485
一块地——非凡之物 486
太阳的光芒 487
人民绝望了。灵魂在抽泣 488
一丛勿忘我中间 489
三重的"B"，三重的"M" 490
自白 491
夜间舞会 494
我不是谢肉节的小鬼 497
猛地一吹 499
我没有贵族老爷的礼帽 500
那些夜夜笙歌的人 501
是你们的所作所为 502
人民在伏尔加河上拖拽着自己的命运 503
未来 505
死亡用健康充实美 507
我在这里徜徉，意乱神迷 508
你多么英俊，一张恶棍面孔 509

我看见，一只老虎蹲在小树林里　510
铁制的提示器　511
十年了，这些俄罗斯人　512
我是一个少年，我　514
喂，慢吞吞地拉吧　516
用银色的新雪　519
我的道路　520
又一次，又一次　521

笼中的鸟

你在歌唱什么,笼中的鸟?

歌唱你如何落入了网中?

歌唱你如何筑巢?

歌唱这牢笼如何将你和女友拆散?

或是歌唱你有多么幸福,

在你可爱的小窝里面?

或是歌唱你如何捕捉苍蝇

并把它们送给孩子们?

你可是在歌唱自由和森林?

歌唱那高高的山岗?

歌唱那绿色的草场?

歌唱那辽阔的大地?

寂寞啊,这小可怜,整日

枯坐在那根细小的横梁上,

只能从一个小小窗口眺望太阳。

你在阳光明媚的日子里沐浴,

你把奇妙的歌声撒向四方,

你会回忆起历历往事,

也会逐渐忘却你的痛苦,

饿了,你会啄食,
渴了,你会饮水。

——1897

朝圣者啊,你可看见

朝圣者啊,你可看见
受尽折磨的马儿
有时会野蛮地眨动眼睛
将口中的泡沫
掉落在静谧的蓝色水面上?
你可知道,马儿
在经受苦难之时
会用泡沫哭泣?它们没有眼泪。
朝圣者啊,瞥一眼那片云吧,
那片发黑的云,边缘已破碎,
独自飘浮在蓝天之上。
要知道——这是地球
在受难之时,在命运重压下坠落之时,
在诅咒意欲从温顺的口中
勇敢地吐出之时,
掉落到蓝天水面上的
那片泡沫……
一位须发斑白的阿拉伯人
坐在世界的同龄人——一块石头上,

用手杖搅动着奔腾不息的河水,
如是说道。

—— *1904*

愤怒之鸟

愤怒之鸟
和爱情之鸟
在枝头栖息。
安宁之鸟
落下来凑趣。
愤怒之鸟
啼叫着飞起。
爱情之鸟
也随之飞起。

—— 1905～1906

我参透了数字的奥秘

我参透了数字的奥秘,
我体悟了生命的内核。
我是无意义的美妙,
我是太初哑默的歌。
面如壮士,梦似马蹄……
朝湮没的过往一路狂奔……
朵朵云霞是张张人脸。
绵绵黑夜是崇山峻岭。
我是一件件欢愉的神龛……
我是一副渐行渐远的马镫……

—— *1907*

我是时间少年

我是时间少年,
我追上时间少女,
我创造了一个
与她接吻的刹那。
然后我醒了,
我继续飞。
我钻进一条山谷,
沉入山谷深处。
我展开翅膀
汲取时日。
我从鸽子的井中
汲水。

—— 1907

我歌唱你,蓝色的梦

我歌唱你,蓝色的梦,
雪橇金色的盖顶,
灰白的冬天和灰蓝的呻吟,
湛蓝的黑暗之影。

—— 1907

另一种命运的海鸥

另一种命运的海鸥
如睡莲摇曳,在思想之后。
海鸥与波涛争鸣,
无声的消遣,在涟漪之中。

—— *1907*

时间芦笛

未卜先知的密林的劳心者
把时间叫作芦笛。
仿佛白昼熄灭,寂静的溃疡
飞入我们[1]之中。
他站在生命树下,
将芦笛贴到唇边。
种种责难纷纷闭嘴,
连远处的狗也不再吠叫。
尼伊[2]的世界,犹如蕨菜,揭开
令人兴奋的翅膀的秘密。

—— 1907

---

1. 赫列勃尼科夫常将代词"我们"与名词"世界"联系在一起。
2. 西斯拉夫神话中的地下世界之神。

宇宙轴心的星球纳贡者

宇宙轴心的星球纳贡者,
我,像车轮一样飞转,
忽而在刹那间飞越深渊,
忽而触碰着深渊的边缘,
我,向语轮[1]学习自旋。

—— *1907*

---

1. 语轮(словесо):赫列勃尼科夫生造的一个词,由 словеса 或 словесность(语文)和 колесо(车轮)构成。此处自旋的语轮可以理解为赫列勃尼科夫所谓的"自旋词",即自在自为的词,有独立价值的词。

美人鱼想要用

美人鱼想要用
湛蓝的身体
讴歌静默的秋天之美。
去找她吧！去找她们！
快到河边！快潜入波涛！
奔向浅滩！奔向浪花！
可目的何在？可身在何处？
可俘虏何在？战利品何在？
她啊，她，我听到了恐惧，——
绿色的妇人！
她的哀嚎，惊恐的人群——
恐怖啊，恐怖，耻辱！……

美人鱼的引诱者
躺在床单上
被抛向高空。

—— 1907

假右的呻吟有着

假右[1]的呻吟有着

左性——列乌娜[2],

尘世的右性有着

回应的宿命——月亮。

我是列乌恩[3]之女,列乌娜。

我将左理与右理

编织到一起。

我是一个假想的数字。

我是一段假想的城墙。

对于右音,我是假想的回音,

对于真声,我是左声。

对于右发,我是左发。

—— 1907

---

1. 此诗中的"假右""左性""左理""右理"皆是作者根据俄语 левый "左"和 правый "右"的词根生造的词,其中"左理(левда)"是仿造俄语中已有的"真理(правда)"(其词根兼有"右"和"正确"之意,此处根据上下文译作"右理")。也有说 левда 是方言词,与 правда 词意相反,即"谎言、谬误"的意思。
2. 列乌娜(леуна),拉巴河沿岸斯拉夫语中"月亮"的意思。此词的词首与"左"的词首相同。
3. 列乌恩(生卒年不详),编过一本《拉巴河沿岸斯拉夫语词典》。

可他是谁,黑暗之眼

可他是谁,黑暗之眼?
谁用歌声照亮的静默?
大地沉浸于喜悦,可你
用野蛮的春天之歌附和,
你讴歌长夜的睡梦,
非臆想的某个人的吻,
对于斗争的陶醉,
可爱的、苍老的呐喊:战斗!
这时,天空复活了,
这时,人笑出了声,——上帝
和良知重新成为我们的天平,
世世代代的穷人笑逐颜开。

—— *1908*

我知道

我知道：
神工妙不可言，
土地收获无限，
火焰贪得无厌，
水流聚而不散，
纯贞永不凋残。
我知道。

—— 1908

为我唱一唱纯洁无瑕的少女们吧

为我唱一唱纯洁无瑕的少女们吧,
同稠李树争论不休的姑娘们,
唱一唱那些健壮英俊的小伙子们吧:
你们当中有这样的,——我了解你们,相信你们。

—— 1908

召唤

召唤。

秘密之诱惑的召唤。

忧伤之迷惑的召唤。

倦怠之魅惑的召唤。

苇丛之松散的召唤。

白云之松软的召唤。

秘密之水性的召唤。

召唤。

—— 1908

白云公主飘浮着哭喊着

白云公主飘浮着哭喊着,
在高远而又高远的天上。
白云公主投下一片阴翳,
在悲伤而又悲伤的远方。
白云公主撒下一片阴翳,
在悲伤而又悲伤的远方。
白云公主飘浮着哭喊着,
在高远而又高远的天上。

—— 1908

我吹奏我的芦笛

我吹奏我的芦笛。
世界则想其心事。
听话的群星为我编织一条平稳的环流。
我吹奏我的芦笛,演奏世界的宿命。

—— 1908

黝黑、阴郁而又优雅

黝黑、阴郁而又优雅，
陌生人啊，昨天，可是你
吓坏了孩子们，他们叫喊着
"妈妈！他太可怕！"四散逃去？

你走到少女近前：
"请允许我介绍自己！"
你极力做出讨好的姿态，
带着讥笑暗示："真美！"

而她，一边摆弄着手套，
一边狡黠地突然问道：
"啊有着红色封印的先生，
听说，您的名声不是太好？"

我可不是巫师，不是魔法家，
流言蜚语怎么能够相信？
要知道，姑娘，我与你同龄

【··········】[1]

而她说:"请您原谅!
您真是个心思沉重的人!"
蜘蛛拉出的缕缕丝线
飞向蓝色的饮马场。

两人一起沿小路走去,
他们弄到一条小船。
没过多久,海底
便吻了美人儿的芳唇。

——1908

---

1. 原稿字迹无法辨认。——原编者注。

克里米亚即景

心的笔记;自由诗格

南国的这些土耳其人
总是穿戴讲究,
他们懒散地躺在海边,
好似胡乱丢弃的烟蒂。
我爱惜
捧在掌中的
我的鱼儿们。
那些浅色头发的
土耳其人
忍俊不住。
我也乱丢烟蒂……
大海在这个湾里睡着了。
渔民在渔网的海里
睡着了。
天空
在左……你们可会
在一个女人身上找到更蓝的影子?

渔民不会:
他们弯腰撒网。
一个工人问:"莫非我见过?"
一条小狗在地上打滚。
我弯腰拾起一块石头,
感觉还需甩开手臂。
在妈咪的指导下
一位小姐在学习打水漂。
风将奥德修斯的花朵
甜蜜地播撒在
那片摇曳的蓝色之上,
如播撒油橄榄的清香。
俏皮话之家,当它
笑逐颜开的时候,
雨水
正从一个小男孩
一只小小的手中
蜿蜒而下,
击中一群游走的鸭子。
大海以慷慨的尺度
散发正午的黄金气息。
啊,此时此刻我们都相信

我们正年轻。

并且觉得,没什么不可想象。

此时此刻

大海在我们中间漫步,

穿着不可言喻的湛蓝衣裳。

白昼如一棵伐倒的树,汁液汩汩流出。

沙子烫脚。

一条路沿着沙滩伸展。

一条狗,一块石头进入视野。

叫喊声:"妈咪,妈咪!"

有人挥着小手。

暑热令我浑身无力。

大海令我疲惫已极。

二两装的白酒瓶,瓶底闪闪发光……

一只鸟

在头顶盘旋,

一圈又一圈……

嘿,朋友们!

我厌倦了在沙滩上荡来荡去!

而一个

看见了太阳的孩子,

却大叫:"真好玩!"

还有脚下的沙子一成不变的窘窄!

忽然感觉惆怅。

啊,这云彩织成的一个个瞬间之网!

看不见的鹰隼们的啼鸣!

从此处望去,水中的一切尽收眼底。

一片片的云彩似幽灵之眼一掠而过,

在这里,我写出两个字母"В"和"Д"[1]。

这是谁的?不是我的。

我的是:"В"和"И"[2]。

一条蜥蜴

在墙根的石头上

像影子一样

爬行。

蜕皮使它全身柔软。

从此处望去,大海似乎

被一双满是老茧的手用蓝靛粉洗刷一新。

白昼啊!你又站在了我面前,好似一个胖墩墩的男孩,

把两只小小的拳头插进裤袋。

---

1. В.Д. 可能是指 Варвара Ивановна Дамперова(1887—1942),大学教师。
2. В.И. 可能是指 Вячеслав Иванович Иванов,也有人认为是指 Вера Константиновна Шварсалон-Иванова(1890—1920),伊万诺夫的养女,后嫁给了伊万诺夫。

但旋风将歌声带到远方,

山上的雾霭清晰可见。

万物静默。人们不再谈论什么。

土耳其人的浅色头发没入夕晖。

啊,这明艳的夕晖!

这红彤彤的刽子手!

他的悲惨的牺牲品——

我和早晨那死灭的颜色。

一座高塔[1]凝视着

时间为之播种的

这些田地,

还没有向后蹲下!

众神之地和尘世少女纷至沓来的所在,

有个小商店在售卖奶酪。

在上帝——不是人工的,而是真正的——

经行之处,

一些空盒子被折叠起来。

我抬头仰望天上的云团,

摘下鸭舌帽,

---

1. 指热那亚城堡中带钟楼的圣女塔,当时还没有倒塌。

略微伸出

一条腿,

嗫嚅道——我与他们并不相识——

用结结巴巴的、怯生生的儿童语言:

"如果我谦虚的假设是公正的,

你们所拉扯的那团金子

在你们笑谈爱情之时

其实就是你们家庭的平常装饰,

那么,我不相信,你们不会告知我

你们是否喜欢'加奴里'[1]这道美食,

是否喜欢本地之鸟'斯普留'[2],

还有,你们在《俄语》课上

是否学过'我爱'的变位?'李子'的变格?"

风,一路播撒歌声,

飞进自己的边地。

唯有我

将成就永生。

唯有我。

"除此之外,老师会不会给你们打两分?"

---

1. 俄罗斯中部常见的一道美食。
2. 生长在克里米亚的一种体型不大的猫头鹰。

陈旧的回忆带来刺痛。

一道道的影子迅速移动。

旧的统治仍有活力,

一道道的花纹神情抑郁。

以往的忧伤

将自己的梦注入"罗斯"一词……

"你们是不是喜欢伸舌头[1]?"

—— *1908*

---

1. "伸舌头"在俄语中多义。作为成语,表示对人不尊重;作为俗语,在乌拉尔地区,是说废话、传播消息的意思,而在伏尔加河地区,是不分场合不经允许便插话的意思。

东西从口袋里

东西从口袋里
哗然散落在地板上。
于是我想:
这个世界
不过是一丝讪笑
在被绞死者的嘴角
发着微弱的光。

—— *1908*

哥萨克

一帮穷人暴风雨般
涌进一个古老的大门,
他们的名字无声无息,
一面面旗帜猎猎飘扬。
马刀上嵌着何人的宝石?
这是傍晚漂亮的号牌。
何人的马刀在铿锵作响?
权利和时间
尽在一只只马眼之中。
岁月的
柳树
播撒
昨天的种子。
去它那里:
去它那里!
仇恨的
鞭绳
揉皱了
肌肤的温存,

一道

无与伦比的菜

携带着一声

"我爱你!"

青年们高吼:

"我们要夺回来!"

火光纷纷响应。

马蹄敲击着地上的尘土

啊你是多么无望,最后的敲击!

马背上驮着

一个柔软的重物。

她的泪水

滚滚而出。

她的眉毛没有抖动。

他的一只手

沾满了

她的黑血。

啊,多么可怕的一天!

这铁蹄的蹬踏,

这飘忽的人影。

可究竟是谁从下面悄悄潜入?

楼上的正房起火了,起火了!

一张张惊恐万状的面孔。

突然

下面传来

父亲的

哀嚎,

他为那些人

痛哭失声。

她的身上

已经

一丝不挂,

且她

已经

为人之妻。

啊,撕心裂肺的呻吟!

她

圣洁的

操守

已被玷污。

啊,这可怕的叫喊

已经清楚地说明了一切!

—— *1908*

在那里,太平鸟如芦笛啼唱

在那里,太平鸟如芦笛啼唱,
云杉随风轻轻舞动青枝,
一群轻灵的红腹灰雀
飞来飞去,为四季报时。
在那里,云杉窃窃私语,
青春的云雀放声鸣啼,
一群轻灵的红腹灰雀
飞来飞去,为四季报时。
在凌乱婆娑的树影下,
如在旧日时光的阴霾里,
一群轻灵的红腹灰雀
转来转去,唧啾不已。
转来转去,唧啾不已!
你,清新婉转,妩媚动人,
你似琴弦陶醉我的灵魂,
你似波涛闯进我的内心!
青春的云雀啊,歌声悠扬,

一群轻灵的红腹灰雀

为四季报时,无上荣光!

—— 1908

时间芦苇

时间芦苇
在湖之岸上,
在那里石头成为时间,
在那里时间成为石头。
在岸之湖上
时间、芦苇
在湖之岸上
神圣地喧嚣。

—— *1908*

西徐亚[1]风俗

过去的——沉入水底。
鬃如黄昏的马儿,
发如清晨的少女,
像我们一样破土而出的种子。

黄昏就是顺应时间,
船只向远方接连驶去,
生或死——悉听尊便,
马儿们渴望一场战斗。

箭簇雨点般射入地界——
那是射手们的拿手好戏——
赤身裸体的骑手们
丢下马的尸体四散逃去。

对他们而言,报仇就是马勒,

---

1. 西徐亚:西徐亚人,或斯基泰人,公元前8世纪—公元前3世纪位于中亚和南俄草原上印欧语系东伊朗语族之游牧民族。

愿望——就是马肚带。
他骑在马上，或快或慢，
女友在草丛中赤足奔跑。

他们的眼睛里
是永远笑盈盈的碧空。
打家劫舍的伙伴们
用大腿把马背夹紧。

阴雨天喜欢穿粗布衣！
湿漉漉的大地就是裹脚。
善跑的姑娘在附近奔跑，
两人不说话，相视而笑。

【他的肩膀高高耸起，
她的腿脚富于弹性，
他们不害怕那些苔草，
水葱也挡不住他们。】

马的两眼乜斜着，
马的两眼顽劣任性：
或许是女人金色的发辫

比它的鬃毛更沉重?

一片针茅身子一摇,
迎面扑了过去。
种种迹象表明
仇敌将带来奴役。

雄鹰翅膀的弦轴,
海外头盔上的犄角。
他们的号角吹响了,
雄浑而又嘹亮。

弓弦在瑟瑟作响,
箭吮吸着年轻的眼睛。
一只箭头呼啸飞出——
从不遗余力的手中。

久经考验的烈马
腾起前蹄威慑敌人,
马儿们目光凶悍,
有人发出痛苦的呻吟。

那位忠实的女友
一个箭步跳进草丛。
她割断了仇家的马肚带，
把尖刀刺入他的前胸。

她割断敌马的肌腱，
她发出令人胆寒的笑声。
她用针猛地刺一下马臀，
然后像梦幻一样钻进草丛。

她的体内好像有一根针，
会扎人，会隐匿，会摇动。
蛇啊，蛇，当它迫使马儿
陡立起来，可会心生怜悯？

施暴者向远方逃去。
阳光下，一处荒冢显得阴暗。
一个居民，以及划桨时
歌声般的呐喊拼命将他追赶。

啊，这即将停止的鏖战，
此刻，祷告在原野上荡漾！……

一群鹰隼在原野上方盘旋，
阴郁，躁动，画着圆圈。

狼群开始哀怨地嚎叫：
它们肯定吃不到午餐。
马感觉不到脚上的刺痛。
意识中只有求胜的渴念。

他向朋友的农舍方向走去。
他的动作是那么轻松。
女友在草丛里跟着他奔跑，——
两条独木舟闪烁在双眸中。

—— *1908*

哑默引弓,哑默之弓

哑默引弓,哑默之弓,
面对黎明的呐喊之声。
黑夜高呼"燃烧吧!"
向一个个黑暗的灵魂。
呐喊开始瑟瑟发抖,
这百面和百刃之身
用盾牌将沉默捕获,
冲进黑暗厮杀,血拼。
弓从手中闷声落地,
庄严肃穆的寂静
对未来作出预言,
随即仓皇飞走,遁形。

—— *1908*

我赞美他暴虐的飞行

我赞美他暴虐的飞行,
将我带到远方的翅膀,
具有蓝色内涵的自由苍穹,
我要飞到九霄云外,飞到
太阳那一圈圈的光环之下,
白鹤在那里歌唱,永不停歇。

—— 1908

火烈神啊,火烈神

火烈神啊,火烈神[1]!
我将梦想祷告掷向你,
光荣的山谷畜群执掌者,
啊,请向我迎面抛起
一群自由自在的火烈鸟。
火烈神啊,火烈神!
让我得偿夙愿,遇见
一群轻盈绚丽的火烈鸟吧,
让我们的时光之阴霾
迸出一道百倍热烈的彩虹。

—— *1908*

---

1. 火烈神(Жарбог),此处作者袭用了象征派诗人维雅切斯拉夫·伊万诺夫根据斯拉夫和波罗的海神话创造的一个新词。

我用火与刀雕刻世界

我用火与刀雕刻世界,
我将迷离的微笑端到唇边,
我用熏香和蒸汽照亮山谷,
并升起关于过往的烟香。

—— *1908*

我呻吟过,爱过,称她是我的

我呻吟过,爱过,称她是我的,
她的纯洁被写进了传说,
她只为我而绽放,为我而活,
她把我们交给幸福【……】可是
至高无上的捕鼠者大吼一声"老鼠",
猛扑上去,吠叫着,穷追不舍——
看啊,那倒霉蛋已落入利爪,
烛光,在棺材旁飘忽不定。

—— *1908*

一个哥萨克从高高的瞭望台上

一个哥萨克从高高的瞭望台上
发现远处有敌人正在靠近,
他们的目标——哥萨克人的钱罐,
他们的砍刀——锋利的月牙形,——
他飞快地跑下瞭望台,风吹乱了头发,
他纵身跨上一匹烈马,
屏住呼吸一路狂奔,
向唱着民歌的各个村庄报信。
我,在得到普遍认可之前很久
就说过:"我们深受外族欺凌,
必须奋起反抗,俄罗斯人!
要明白,我们就是被压迫者,
子孙们要效仿奴隶起来抗争,
我们要发起一场高傲的暴动,
披挂上阵吧,父老乡亲们!"

—— *1908*

当一群群的报时鸟

当一群群的报时鸟
飞进维列[1],这时候
我在玩耍时间的石子,
我在投掷时间的石子,
我如时间的石子沉没,
时间女神展开了双翅。

—— 1908

---

1. 俄罗斯童话中的乐土,应许之地。

米季尼奇,一个瞬间

米季尼奇[1],一个瞬间

在两个时辰之间溜走,

为我创造了一个接吻的脸庞,

欲望的呐喊和镣铐的铿锵。

我温存地爱抚着他,放走他,

保留着对于他,

对于一个卷发男孩的记忆。

在紧张工作之时,

在闲暇消遣之时,

我温存地回想着他,

用动人的微笑送别他,

我呼唤他,请求他:

"来做我的贵客吧!"

—— 1908

---

1. 赫列勃尼科夫根据мизинный(最小的)和与之谐音的миг(瞬间)生造的一个词,意指下文的"卷发男孩"。

俄罗斯忘记了种种饮料

俄罗斯忘记了种种饮料,
永恒的葡萄酒也在其中,
在破译的第一份手卷上
她读到了一封不祥的信。

你静静地倾听着手卷,
就像孩子倾听成年人,
任凭可耻的神秘力量
紧盯着你的一举一动。

—— *1908*

湖

湖。
成群结队的蜻蜓。
大笑。
笑。
大哭。
哭。
晚霞之剑
和死刑台上的
斩首
惨不忍睹。
远方一马平川。
人鱼公主的
玉体
比思想还白净。
斑蜻蜓飞舞。
渔夫们
在荫凉下
垂钓闷热波纹的
拟鲤。

收起的渔网。

孙儿在修木筏。

老人

在切一条狗鱼。

—— 1908

我看得见巨蟹座、白羊座

我看得见巨蟹座、白羊座,

世界不过是一个贝壳,

我的病痛和我的羸弱

就是贝壳里孕育的珍珠。

敲击似窃窃私语在哨音中行进。

当时我以为波涛和思绪乃一对血亲。

女人们好似银河,处处涌现。

幽暗中弥漫着

讨人喜欢的烟火气。

今夜,就连坟墓也会恋爱……

黄昏的美酒

和黄昏的女人们

纠结成同一个花环,

我是这花环的小兄弟。

—— 1908

岔路口上的林妖

该祈祷,还是放声大笑?
众目睽睽之下,如何自处?
像捕猎时的鹰隼?
像春天流淌的蜂蜜、果汁?
嗅闻岩高兰的分生孢子盘?
成为夜间也很少梦见之物?
披上狼的外衣?
大摇大摆地从空中一掠而过?

—— *1908*

河水奔向远方

河水奔向远方。
芦苇高耸。
天空肃穆。
马卸下辔头。
目光敏捷而狂野。
肩上背着一大魔杯
童话的奇思妙想。
妖怪用人声唱歌。
虚无爱抚着实有的世界。

—— 1908

我们全都上前探视

我们全都上前探视
那面目狰狞的深渊。
我们全都慌忙退后,
缄默无言!缄默无言!

—— *1908*

亚当和夏娃在世时

亚当和夏娃在世时,
谁是左,谁是右?

—— 1908

召唤在融化

召唤在融化。
一列货车之蛇。
无路可走。
叫喊声:放开我!
与她共处一室
歌声绕梁
爱意融融。
——她可是我的爱人?!

—— 1908

啊女人们！啊小兄弟

啊女人们！啊小兄弟，
应该接受
保持本色的你们，
或许时间会吃掉
生命快乐多汁的果实，
这果实一直在河边摇摆，——
不朽之思如苦闷的岸边木筏，也在那儿摇摆，——
在各个瞬间的茎秆上摇摆，
而对于针刺，始终格格不入。
无论女人们身在何处，我们都与她们同在。
我们像你们一样，在你们身上摄取生命精华。
啊，我们梦见一个梦，妙不可言！
装载诸多微小瞬间的马车引人入胜！

—— 1908

乡村召唤您向高处攀登

乡村召唤您向高处攀登,
瞬间世界喜爱的淤泥召唤您。
决堤时的一泻千里欲罢不能。
黄昏,一个束紧的腰身活着。
他活着,有如古老的约会,
没有给予接吻足够的尊重。
当他品尝了凶猛的蜂蜜,
他是一道蓝色喷泉射向天空。
他洒下露水一样的泪珠,
重新复活了一个疑问:
"莫非她就是我的意中人?"
眼睛放光,似破晓的黎明。

—— 1908

"博白奥比",嘴唇唱道

"博白奥比",嘴唇唱道,

"歪艾奥米,"眼睛唱道,

"皮艾艾奥,"眉毛唱道,

"利艾艾艾伊,"面颊唱道,

"格兹格兹格泽奥,"[1]项链唱道。

如此,在由某些对应构成的画布上,

在长宽之外,活着一张脸庞。

—— *1908~1909*

---

[1] 立体未来派曾在自己的宣言里宣称要赋予元音和辅音以特定含义,如元音代表时间和空间,辅音代表声音、色彩和气味等。根据赫列勃尼科夫的想法,字母 Б 代表红色,字母 В 代表蓝色,字母 Н 代表黑色,字母 Л 代表白色,字母 З 代表金色,因此,将它们与元音组成的音节译成汉语,则 "博……" "歪……" "皮……" "利……" "格兹……" 的意思不言而喻,但这五个音响组合是何含义,仍不得而知。

莫斯科!莫斯科

莫斯科!莫斯科!

各部族

湿润的大脑。

哪些部族的古多克琴

没有被你

雕刻成静默?

各种古老方言的

爆竹柳之声

在你体内

融化。

你若要寻找圣物,

会在克里姆林宫找到。

我痴迷的目光

在塔楼护板上凝固。

—— *1908～1909*

蚂蚱

蚂蚱振翅,用细细的肌腱
铸就一篇金字华章,
将丰富的濒水植物食谱
塞进了肚子的箩筐。
"啾啾,啾啾,啾啾!"——
扑棱棱,山雀出场。
啊,天鹅惊艳!
啊,辉耀灵光!

—— 1908~1909

乌云奔走,陀思妥耶夫斯基笔法

乌云奔走,陀思妥耶夫斯基笔法,
正午怠惰,普希金绝美音符,
夜色深幽,看上去酷似丘特切夫,
用天外之物充填无限之深谷。

 1908~1909

该把这童话讲给谁听

该把这童话讲给谁听?
千金小姐的生活有多正经?
不,说的不是千金小姐,
而是,应该说,一只小青蛙:
穿着萨拉凡,胖乎乎,矮墩墩,
与那些松树公爵保持着
深厚且远近闻名的友情。
水面光滑如镜的沼泽地
标识出一串串的足迹,
春天的时候她去过那里,
这位招风之水的少女。

—— 1908~1909

一个栖居在树上的巨怪

一个栖居在树上的巨怪,
长着令人恐怖的屁股,
他抓住一个汲水的少女,
她有一双动人的明眸。
她在多毛的手臂的枝头上
晃来晃去,像是一只苹果。
这个怪物啊,这个丑鬼,
够了,闲来不用担心寂寞。

—— 1908～1909

风的短柄链锤

风的短柄链锤

在田埂的金色大军上漫步,

一晃早晨变成了中午,

早晨的懒人啊,真是有福。

—— 1908~1912

鸟儿们停止了

鸟儿们停止了
伴着低语和呼啸的起飞。
它们从来不会
像颤抖的落叶一样飞舞。
它们的羽毛似宽大的翅膀
神秘莫测地伸向团团乌云。
作为一名虚伪科学的逃亡者,
我,不顾一切地向乌云奔去。

—— 1908～1913

给你们

自由的坟冢——卡尔格比尔和古尼布[1]
曾与我分享同样一些场景,
当他们在桌前落座,
多希望他们没有对我大声吼叫:
"什么啊,同志,你在胡诌什么?"
一个最终没能打败瘟疫的斗士,
一头犄角陡直的公牛,倒在了路边,
为了怀着喜悦了解主宰们的精神——
他们没有提出这个问题——为什么?
当我们的马忽而奔跑,忽而碎步,
吓坏了它们——
一对散漫而又高傲的鹰。
我们难以察觉的风异常安静,
将它们威严地举起,自豪地活捉。
绵延不断的山脉在上升,
对宇宙唯命是从。
我在高加索地区旅行,

---

1. 达格斯坦的两个村庄名。

思念着远方的伏尔加河。
一匹马，脖子迅速往后一仰，
在深渊单薄的褶皱上跳跃，
虽不免胆战心惊，却姿态优美。
我突发奇想：对深渊上方的数字
加以研究，定会不无益处。
我不由自主地编排着一些数字，
仿佛是要回到创世之初。
我计算着，最后一个没有
得到满足的高卢人会何时死去。
远处的深谷中有河水喧腾，
峭壁上的红白石灰岩向河边散落。
我想到大自然，她固然野蛮，
却也美不胜收，妩媚动人。
我想到俄罗斯，她的苔原、泰加林
和草原的交替，好似一首
天籁之诗。
就在这时，天空挣脱了枷锁，
静了下来，暗了下来。
突然，在一片欢乐的平地上，
一个类似城里花市的地方，
那里很了解城里人对鲜花的偏爱，

兴奋地向过路人兜售鲜花，——
我看见一块石头，类似石头，那石头
下面葬着一位先知：它在墓穴前
已经倾斜，并且裹着缠头。
一具古老贝壳的骨架[1]，弯曲成一只羊角，
赫然嵌在石头上；似乎，我的神像
在给石头加冕。
两座秃峰中间，一块孤单的林中空地上，
野蛮的祭坛已为野蛮的神祇备好。
我像是在出席一场祷告，
圣洁的鲜花向圣洁的石头祈祷。
一个神秘的仪式在我面前举行。
花儿们纷纷垂下了头，
夕阳淹没在一片烈焰之中，
同傍晚的沉思融为一体……
这是怎样的，怎样的
一条飞龙啊，半是海洋的飞龙，
在大海上方抬起岛屿般的尾巴，
被半是陆地的苦闷所缠绕？
那时，一枚活的、好眼力的小贝壳

---

1. 达格斯坦境内穆斯林墓地上立有石碑，上面嵌有贝壳状的古生物菊石作装饰。

就是他的见证者,

如今,已经死了,但跟从前一样

仍是一块目光敏锐的石头,

鲜花簇拥着他,像孩子们簇拥着老师,

他——世世代代都睁着眼睛。

如今他,就像是萨德阔[1],

操起一把破旧的古斯里琴,

跟诺夫哥罗德的市民们

讲述他的水下奇遇,

一如高加索,被气得龇牙咧嘴的海底,

生活的梦想在他身上早已黯然失色,——

如此,你们用神奇的双手

在《卧榻笔记》[2]和《温柔的约瑟》[3]中间,

镌刻着《亚历山大的丰功伟绩》[4]——

一如在麦草花中间

见到一块带奇异犄角的石头,

那可不仅仅是一种偶然:

花儿们似乎是在祈祷,

---

1. 萨德阔,古斯里琴手和歌手,诺夫哥罗德系列同名壮士歌中的主人公。
2. 米哈伊尔·库兹明的作品,准确的名称应为《索尼娅姨妈的卧榻》。
3. 库兹明的作品。
4. 库兹明的作品,准确名称应为《亚历山大大帝的丰功伟绩》。

面向以往时间的断裂处,

祈祷温柔的命运,最好的命运:

他们的一头驴子在蹂躏草地。

在这里,伊斯坎德尔[1]剑锋所指,战争纷起,

在这里,一个青年给各族戴上镣铐,

在这里,胜利者的脾气灭绝了森林,

并将各族人民套进一张巨网。

—— 1909

---

1. 即马其顿的亚历山大大帝。

装腔作势的尝试

我发现,天气令人着迷,
于是我请求可爱的钢笔[1]
优雅地调整重音的位置,
以便产生这样的效果:拎着
柳条筐的死亡按年份出行。
你看,一个白色的怡然幽灵
在那边小路上站了起来,原地不动!
这是夜晚?是一棵树?是我的执念?
啊,请允许我让这个词以怡然自得的样貌出现!
我要迈着优雅而奇特的脚步走到他近前。
我要毕恭毕敬地邀请:如果您不否认爱情的魔力,
我就邀请您光临一个晚会。
贵妇们和小姐们将会到场,
客人们手中的杯子将泛着泡沫,
风伸出双手捕捉一朵云时,
会得到她一记耳光,并且不是我,

---

1. 俄语中的"钢笔"(ручка),与"小手"一词同音同形,此处一语双关。

而是眼中那些挥手同意的萤火虫
对我说,与阴间联系轻而易举。

—— 1909

蚂蚱将黄昏

蚂蚱将黄昏
织成
诸个瞬间的
奇数。渔夫们摇摇晃晃……
山沟的沉寂。
女人的话音。
明亮的天际。

—— 1909

我和你平淡无奇

我和你平淡无奇……
泡沫女人在泥潭中浮起。
相比……法度
她们身上更多的是真理。

—— 1909

出自阴影的光明坠落

出自阴影的光明坠落,
谁不熟悉惊慌失措的感觉?
我流出一片草原和一个名字……
思想在虚无中寻求归宿。
一如从前多刺的荆冠。
世界不过是"情人—我"一词的跟格。
仿佛从前迷人的少女……
我永远年轻,只要少女们散发天国气息……
但"我渴望"的火堆不会冒烟。
我流出一片草原和一个名字。

—— 1909

如果您和我都算自爱

如果您和我都算自爱,我就
永远不会是您心里的一声祈祷。
但眼睑中的蓝眸倒是一份馈赠,
时间拉斜橡树林里的阴影。

—— 1909

云彩仿佛是红色的唇髭

云彩仿佛是红色的唇髭。
我们忘了,我们不知我们是谁,
我们忘了,我们不知:我们是天空的
同貌人,抑或就是我们自身。
远方的某处,降下一片雾霭,
弥漫着妈妈们的歌声。
森林在烟灰色的黄昏中融化,
但朦胧的"美妙"一词更加动人。
啊!……我们在对永恒的永恒渴望中衰竭!
而孩子还在哇哇哭闹,效仿我们。

—— 1909

小铺里传出:"我们赚钱了……"

小铺里传出:"我们赚钱了……"
道路开花,成一簇千金小姐。
她们说起话来肆无忌惮。
她们在黄昏中燃放嗓音之火。
头发上装饰着丝绸的塔楼,
有时则是草编的土丘
(整个开满鲜红的花朵)。
不经意间提到她们冬季去过巴黎。
我落寞地吃着我的樱桃。
我发现:
我在这里纯属多余。

—— 1909

黄昏。乱影

黄昏。乱影。
林荫。慵懒。
我们安坐,啜饮黄昏。
每只眼睛里都有驯鹿驰奔。
每条视线中都有长矛飞行。
当夕阳下沸腾着宇宙的怒火,
小小店铺中飞出一个小小男孩,
伴随一声叫喊:"快去快回!"
与其说我右,毋宁说我在右,
与其说我在左,毋宁说我是个词。

—— 1909

一条小狗摇着尾巴,汪汪叫

一条小狗摇着尾巴,汪汪叫。
一个可爱的老妇人走了过来,
手里提着一只小小的网兜。
我——不是契诃夫。

—— *1909*

我不知道地球是否旋转

我不知道地球是否旋转,
这取决于词句能否被写进诗篇。
我不知道猴子是否是我的祖先,
因为我不知道我是否想吃甜或酸。
但我知道我想沸腾我想
让共振把我手上的脉管同太阳相联。
但我希望星星之光来亲吻我眼睛之光,
就像鹿亲吻鹿一般(哦,它们有多美的双眼!)。
但我希望当我颤抖时就让
这颤抖加入整个宇宙的共颤。
我还愿相信会有某种东西存在某种东西留下,
比如说,当时间取代了心爱姑娘的发辫。
我还想从联结着我的公因子括号里取出
太阳、天空和珍珠般的尘寰!

—— 1909

草原、花朵、吼叫的骆驼

草原、花朵、吼叫的骆驼、
圆形的帐篷包围着我,
面孔单调瘦削的绵羊的海洋、
翅膀之火辉耀四周的鸡冠鸟——
天空荒漠那自豪的家当包围着我。
时日就这样流逝,岁月就这样流逝。
父亲,远方羚羊的大雷雨,
赢得了卡尔梅克人的感激。
有时,在哥萨克可靠的保卫下,
驼队会深入到草原的荒僻之地,
一次次抢劫使荒漠世界变得多姿多彩,
当铜的镣铐叮当作响,
连乌鸦都发觉了盛宴,在空中盘旋。
驯服的乌鸦们啄食着
我双手捧出的肉食,
注定毁灭的那些少年
未必会比它们更热爱自由。
一只天鹅弯下脖颈,飞着,
同我一起消遣闲暇时光,

它清脆而响亮地叫喊:"我是孤儿。"
我与她,大自然,共同生活。
哥萨克人刻着图案的腰带
为我讲述远方那些银色的河流,
有时抢劫像电光一样突然袭来,——
就是这些东西充填着我的灵魂,啊人。

—— 1909

城市,在那里,人们躲避疯狂

城市,在那里,人们躲避疯狂,
而疯狂对城市纠缠不休,
如同一个被杀死的女人的面颊,
瞳孔放大,毛发直竖。
城市,在那里,灵魂逃避好色的山羊,
用密集的刺针和苦涩的毒药
装扮自己,幻想成为不可食用之物。
房子,可是优美、优美何在?
城市,在人与物
神秘的联姻和放荡中
孕育着某种东西,
稀奇古怪,匪夷所思。
城市,在那里,一个编筐人
用手刮掉灵魂上的叶子和累赘,
用以编一只篮筐,
装那些金灿灿的果实?鱼?
或是那些天蓝的脏内衣?
是一个人在远方的大海那里
细心体会到的一切,

他在一棵高高的松树上
宣告世界的终结,
因为一个人一旦离去,
必定会有某种东西回来。
但被编进篮筐的那些细木条
会以一种神秘方式
居高临下地对待那些自由的柳条,
它们误以为
编筐人的力气就是它们自己的力气。
城市,在那里……

—— 1909

笑的咒语

啊,笑起来吧,笑者!

啊,笑出声吧,笑者!

笑总笑得是笑,笑总笑得好笑。

笑个此起彼伏,笑个前仰后合!

笑得深沉,笑得浅薄,

笑得爽朗,笑得羞涩,

笑得优雅,笑得粗野,

笑得阴险,笑得磊落!

笑的王国啊,笑的世界!

笑出时空穿梭,笑出乾坤奇绝!

啊,笑起来吧,笑者!

啊,笑出声吧,笑者!

—— 1909

你们记得因缺少传奇而备感委屈的城市

一

你们记得因缺少传奇而备感委屈的城市[1],

她的声音,取自古代楚德人[2]的语言,

是那么悦耳动听,讨人喜欢。

牧羊人手持乡村木笛(乡村的名字中有几多安恬),

发出呼唤,要与你们相见。

一头乳畜[3]垂着肥硕的奶头,

有些畏惧渡河,涉过响水滩[4]。

所有这一切都是被称为异族的人传给我们的。

牧羊人手里桦树皮做的木笛,如今哑默了,

淹没在另一时代的隆隆声里,

这里曾回响着美少年般的高音喇叭的呐喊,

如今,滚滚的浓烟遮蔽了高天。

这里曾有奶牛的腿倒映在水中,

---

1. 指莫斯科建城缺少一个充满诗意和动人的传说。
2. 楚德人,古俄罗斯对波罗的海芬兰各部落和民族的统称。
3. "乳畜",此处即乳牛。关于莫斯科(Москва)的得名,比较普遍的一种解释是来源于芬兰—乌戈尔语,词根моск是"乳牛"的意思,词尾ва是"水、河"的意思,合起来即"乳牛河"。
4. 响水滩,莫斯科的一条街。

如今,河上架起一座铁桥的半个花环。

昨日和现在——牲口槽的城市,交给了纷争和断头台。

友谊的灰烬,在里面腐烂了,消亡了。

曾几何时,一位射手垂下头,无声地跟着断头台行进。

嘈杂的人群里,那位少女可是为他泣不成声?

夕阳依旧威风八面,

刽子手应召前来行刑。

而实际上,一切要更可怕、更简单:

埋了死刑犯遗体的果实之地,寸草不生。

死刑被转移到一个秘密院落的深处——

一群孩子在那里围观。

每当人群开始喧哗和兴奋,

被处死者的面影便在我眼前浮现。

现在也是如此:晴空上有一朵云——

不屈的大贵族库奇卡[1]啊,我记得你的脸!

二

在你身上,迷人的城市,

有一种老年妇女的特质。

---

1. 又作库奇科,斯捷潘·伊万诺维奇,十二世纪苏兹达里大贵族,据传在莫斯科流域拥有大量村庄,莫斯科的建城与他有关。

她坐到自己的柳条箱上,
想要吃点什么充饥。
三角头巾摆来摆去——这头巾可不简单:
一群黑鸟从一端飞到另一端。

——1909

我泅过苏达克湾

我泅过苏达克湾。
我跨上一匹野马。
我大声疾呼:
俄罗斯亡了,不存在了,
她被瓜分,就像波兰。
人们惊恐万分。
我说,当代俄罗斯人的心蝙蝠一样倒悬着。
人们悔恨不已。
我说:
啊,笑起来吧,笑者!
啊,笑出声吧,笑者!
我说:打倒哈布斯堡王朝!囚禁霍亨索伦家族!
我用鹰毛笔书写。丝绸般的金色羽毛
缠绕着粗大的笔管芯。
我在秀美的湖畔行走,穿着草鞋
和蓝色衬衫。我也算得上英俊。
我有一副老旧的青铜短柄链锤,圆形的锤头。
我有一支双簧管和一只锯出的号角。
我有一张照片,照片上我拿着一个头盖骨。

我在彼得罗夫斯克见过海蛇。

我在乌拉尔将里海之水调进喀拉海。

我说：巍峨的卡兹别克山上积雪

终年不化，但我更喜欢乌拉尔的新鲜锦缎。

在格列边卡[1]山上我发现了鳄鱼的牙齿

和银色的贝壳，高及法老战车的轮子。

—— 1909

---

1. 波尔塔瓦省的一个区级城市（现归乌克兰），哥萨克人聚居地。因达格斯坦有格列边卡哥萨克人居住，故称。

动物园

献给维·伊万诺夫[1]

啊,动物园,动物园!

在这里,铁栏杆好似父亲,时刻提醒兄弟们,他们是兄弟,并极力阻止一场流血冲突。

在这里,德国人时不时地过来喝啤酒。

而那些美人儿则在出卖她们的身体。

在这里,鹰蹲坐着,好似丧失了夜晚的今日标识出的永恒。

在这里,高耸的驼峰失去了骑手的骆驼,了解佛教的谜底并藏起了中国的鬼脸。

在这里,驯鹿一旦受到惊吓,便会绽放成一块宽阔的石头。

在这里,人们的穿着打扮漂亮而得体。

在这里,人们脸色阴沉,闷闷不乐。

而德国人则容光焕发,充满活力。

---

1. 维雅切斯拉夫·伊万诺维奇·伊万诺夫(1866—1949),俄国象征派诗人,赫列勃尼科夫的赏识者。

在这里，天鹅的黑眼睛好似冬天，而半黑半黄的喙好似秋天的树林，——有些谨小慎微，不够自信。

在这里，蓝到极致的鸟中凤凰[1]将尾巴垂向山谷，这尾巴好似西伯利亚，从保达石[2]遥遥可见，当云翳之网垂落到金色的落叶和绿色的森林之上，这多姿多彩的一切便因土地的凸凹不平而显得更加鲜明。

在这里，有人想抓起澳洲鸟[3]的尾巴，当作琴弦来弹奏，以此讴歌俄罗斯人的功勋。

在这里，我们像握剑一样把手握紧，并低声发誓：捍卫俄罗斯种族，不惜以生的代价、死的代价、一切代价。

在这里，猴子们以各种各样的方式发气斗狠，炫耀着它们各具特色的四肢，且除了那些悲伤的和温顺的，永远都在因为人的在场而烦躁不安。

在这里，大象们扮着鬼脸，好似群山在地震时的扭曲变形，它们向一个孩子讨要吃的，将一种古老的理性纳入真理："饿了！想吃东西！"说完蹲下来，像是在乞求施舍。

在这里，熊灵巧地攀爬并向下俯望，等待着看守的指令。

在这里，惯于在地面和低空活动的鸟[4]拖曳着金色的夕

---

1. "鸟中凤凰"，即孔雀。
2. 保达石，中乌拉尔山脉北段一座低山。
3. 指七弦琴鸟，又叫天琴鸟。
4. 指金鸡，红腹锦鸡。

阳,夕阳拿出了全部的煤炭燃烧着。

在这里,隼的胸脯好似雷雨到来之前翻卷的乌云。

在这里,蝙蝠倒悬着,好似当代俄罗斯人的心。

在这里,一只老虎,脸上围着一圈白色胡须,长着一双老年穆斯林的眼睛,这是先知的第一位追随者,我们敬奉它,并通过它研读伊斯兰教的本质。

在这里,我们开始思考,信仰是复归平静的海水,而奔腾的波涛则会催生物种。

世界上之所以有这么多动物,是因为它们能以各种不同方式看见上帝。

在这里,动物们厌倦了咆哮,便会站起来仰望天空。

在这里,海豹像是在活生生地提示着罪人们的磨难,它惨叫着,在笼子里来回打转。

在这里,滑稽的翼鱼[1]们相互关心,活像果戈理笔下的旧式地主,感人至深。

动物园啊,动物园,在这里,动物的目光有着更多的意味,相比一大堆读过的书。

动物园。

在这里,一只鹰在抱怨着什么,像一个厌倦了抱怨的孩子。

在这里,一条莱卡狗耗费着西伯利亚的热忱,以一只正

---

1. 指企鹅。

在洗脸的小猫的姿态，完成一个家族仇恨的古老仪式。

在这里，山羊们在恳求，将两趾的蹄子伸进围栏，挥舞着，赋予眼睛以一种自我满足或愉悦的表情，因为终于得其所求。

在这里，超高的长颈鹿鹤立鸡群，俯视下方。

在这里，正午的炮击[1]逼迫鹰们瞥一眼孕育着大雷雨的天空。

在这里，鹰们从高高的栖木上落下，好似地震时从神殿和屋顶上掉下来的那些偶像。

在这里，一只毛发蓬松的鹰，宛如少女，望着天空，然后望着爪子。

在这里，我们看到一棵动物树，面如一头站着不动的驯鹿。

在这里，一只鹰，脖子面向人们蹲着，并注视着一堵墙，翅膀处于一种奇怪的展开状态。它是否误以为，它正在高山顶上翱翔？或许是在祈祷？或许是酷热难耐？

在这里，一只驼鹿透过栏杆，亲吻一头扁角的水牛。

在这里，驯鹿们舔舐着冰凉的铁栏杆。

在这里，一只黑海豹在地上跳跃着，身子支撑在长长的鳍脚上，模仿着一个被装进口袋的人的动作，好似一个铁铸

---

1. 彼得堡彼得保罗要塞每日例行的炮击仪式。

的纪念碑，突然间在自身中找到了不可遏止的欢乐的大爆发。

在这里，毛发茂密的"伊万诺夫[1]"噌地跳了起来，用一只爪子猛力击打铁栏杆，当它听到警卫叫他"同志"。

在这里，狮子们打着瞌睡，脸伏在前爪上。

在这里，驯鹿们不倦地用角敲打栏杆，用头撞击栏杆。

在这里，同一品种的鸭子们，在干燥的笼子里，在短促的阵雨过后，发出异口同声的呐喊，仿佛是在向众神发出感恩的祷告——众神有腿和喙吗？

在这里，珠鸡们有时就是大嗓门的太太，裸露着不知羞耻的脖子，银灰色的身体，穿着从星夜的女裁缝那里订做的衣裙。

在这里，我拒绝承认马来熊是北方老乡，并把一个藏起来的蒙古人拖出来饮水，而且，我想要报复他，为旅顺港。

在这里，狼们在表达忠诚，并表示时刻待命，用它们乜斜而又专注的眼神。

在这里，当我走进一间难以久留的闷热居室，那些闲极无聊、搬弄是非的鹦鹉们，异口同声地将"傻瓜！"的叫喊和果皮，劈头盖脸地向我砸过来。

在这里，一头溜光铮亮的肥胖的海象，好似一个疲惫的美人儿，挥一挥那只溜滑的、扇形的黑脚，然后坠入水中，

---

1. 诗人维雅切斯拉夫·伊万诺夫本人生着一头浓密的头发。

而当它重新爬上木板台，它肥胖而又强大的躯体上出现一个蓄着唇髭、胡子拉碴、额头光滑的脑袋——尼采的脑袋。

在这里，一头白色的、高个子的、黑眼睛的羊驼和犄角扁平的矮个子水牛以及其他反刍动物，它们的颌骨都是平稳地向左或向右移动，就像是一个国家的生活。

在这里，一头犀牛既白且红的眼睛里，蕴含着一种被推翻的王者压抑不住的怒火，且在所有动物中，唯有它从不掩饰对人的蔑视，就像蔑视奴隶起义一般。他身上藏着一个伊凡雷帝。

在这里，生着一只长喙和一双仿佛戴了眼镜的蓝色冷眼的海鸥们，一副国际生意人的派头，这一点可以从一件事得到证明：它们能飞着转眼间夺走丢给海豹们的食物，这是它们与生俱来的本事。

在这里，回想着俄罗斯人用雄鹰的名字来赞美那些高超的军事家，回想着哥萨克人那深陷于弯眉之下的眼睛，还有这些鸟儿——那些高贵的鸟类的族人——的眼睛，不难发现，这乃是一模一样的眼睛！于是我们开始明白，究竟谁才是俄罗斯人的军事导师。啊，用前胸蹂躏白鹭的雄鹰！白鹭那向上伸出的尖嘴！还有那枚别针，荣誉、忠诚和义务的体现者很少会让昆虫落在上面！

在这里，一只站在蹼掌上的鸭子，令人想起那些为国捐躯的俄罗斯人的头骨，它的祖先曾在他们的骷髅中絮窝。

在这里，同一种力量的火焰被塞入同一类鸟儿金灿灿的羽毛，这种力量只属于发誓不婚者。

在这里，俄罗斯念着哥萨克人的名字，就像鹰发出啼叫。

在这里，大象们忘记了它们喇叭一般的欢呼，并发出一种类似抱怨情绪败坏的吼叫。或许，看见我们过于渺小，它们便开始认为，发出渺小之声乃是好品味的特征？我不知道。啊，灰茫茫的满是褶皱的群山！被峡谷中的苔藓和野草覆盖的群山！

在这里，在动物们身上，某些美好的可能性正在消亡，就像莫斯科大火[1]时纳入东正教日课经的《伊戈尔远征记》。

—— 1909，1911

---

1. 指1812年俄法战争中拿破仑进入莫斯科后发生的一场大火。《伊戈尔远征记》的多部抄本毁于大火，目前存世的唯一抄本存放在雅罗斯拉夫尔救主变容修道院的一部古代文献集里。

玛利亚·维乔拉[1]

城堡将它的突出部

伸进寂寥的蓝空。

东方之晨寒冷的篝火

将迎来一位女神。

就在这时,远处传来

嘚嘚的马蹄声。

白云的月亮

白如农舍,看得见

那一众骑士的排浪。

其中一个伸手提了提

马背上所驮白色之物。

神秘的放纵自身

打量了一下

白色颧骨的白垩上方

那只黑夜的眼睛。

---

1. 即玛利亚·维切拉(1871—1889),罗马尼亚伯爵小姐,奥地利皇储鲁道夫(1858—1889)的情人。1889年1月30日,与鲁道夫皇储一起自杀于维也纳森林里的梅耶林城堡。另有一种流传甚广的说法,认为这是一场精心策划的政治谋杀。本诗取材于这一悲剧事件,但诗人做了自己的发挥。"维乔拉"是"维切拉"的斯拉夫化称谓,此处一语双关,俄语旧词和方言中有"昨天晚上"的意思。

"我们不是圣徒，不是虔信者，
这么晚了，还在马不停蹄，
有黑暗女王的夜色作掩护，
我们对这猎物又何必客气！"
说话间那群大汗淋漓的马
已经跑在了坚硬的马路上。
只见那位骑士又一次
提了提马背上驮的活物。
马儿们疲惫地打着哈欠，
身形摇摇欲坠，困乏之极。
喜笑颜开的贵族首领
翘起他金黄色的唇髭。
这可是给达官显贵的厚礼，
大门于是赶紧完全敞开。
"脱下衣服吧，脱下衣服，
不要遮蔽人间的尤物。
我要让她睡在我怀里，
这楚楚动人的扁角鹿！"
他克制着莫名其妙的惶恐，
大步跑上宽敞的楼梯，
把脸藏进魔女的头发，
而她却始终沉默不语。

"在这阴冷的宁静中,
让我们在餐桌周围坐定,
勇士家族要开怀畅饮,
不知会有怎样的欢乐降临?"
那些人高兴地回答说:
"说的是实话,这才是正事。
丑八怪与地下室交情弥笃,
天上的星星总是喜欢高处。"
"我得上去了,单独享受
那短短一刻钟的销魂。
我要知道她的黑发是否
对我的少年白发情有独钟。"
众人友好地笑了起来。
老旧的时针在晃动。
突然一阵恐惧袭来。骑士们
捻着彪悍的唇髭,故作镇定……
怎么回事?哀怨的呻吟和战栗的话音,
敲门声过后身体的倒地之声。
一个厨子浑身颤抖,一声不吭,
转眼间无声无息地没了踪影。
察觉大事不妙,他们一窝蜂地
冲到高高的黑色橡木大门口,

一名侍卫哭着，把钥匙塞进锁孔，
这严肃、气愤、身材高大的侍卫。
他们走向战斗，抗击女人的魔法，
随着一声重击，咔嚓一声
险些被撞飞的门打开了，
孩子们凄惨地哀求，哭喊。
可为何他们手里都握着刀？
每人一把利刃，寒光闪闪。
共同的朋友躺在地上，好像睡着了，
鲜血的湖水不停地流淌。
而墙角下——玛利亚·维乔拉
浑身写满指责，惊恐万状。

——1909～1912

够了,灰白的瘦马,显然

够了,灰白的瘦马,显然,
我该放下木犁。大雨倾盆,如鞭抽打。
显然,睡梦、马厩和荣誉
还在等待我们,直至天色微明。

—— 1909～1912

我们想对繁星称"你"

我们想对繁星称"你",

我们厌倦了对繁星称"您",

我们尝到了咆哮的美妙。

像奥斯特拉尼察[1]一样威严吧,

普拉托夫[2]和巴克拉诺夫[3],

够了,别再对

异教徒的丑脸卑躬屈膝。

让那些领导者吼叫吧,

把口水啐到他们眼睛里去!

坚定自己的信仰吧,

就像莫罗森科[4]一样。

啊,追随斯维亚托斯拉夫[5]吧——

面对强敌这样说:"我来会会你们!"

---

1. 奥斯特拉尼察:17世纪上半叶乌克兰首领,1638年反抗波兰统治起义领导人之一。
2. 指马特维·普拉托夫(1753—1818),顿河哥萨克军队领导人,将军,参加过18世纪末至19世纪初俄国所有的战争。
3. 指雅科夫·巴克拉诺夫(1809—1873),俄国将军,参加过高加索战争。
4. 莫罗森科:乌克兰历史歌谣中的英雄人物。
5. 斯维亚托斯拉夫·伊戈列维奇(942—972),诺夫哥罗哥大公、基辅大公,战功显赫。

北方的雄狮啊,你们在缔造

黯淡无光的荣耀。

叶尔马克[1]和奥斯利亚比亚[2]

率领祖先就站在我们身后。

飘扬吧,飘扬吧,俄罗斯旗帜,

引领我们穿过陆地和水域!

去那祖国精神已灭绝之地,

去那缺乏信仰的荒漠,

勇敢前行吧,就像弗拉基米尔大公[3],

就像多布雷尼亚[4],率领侍卫军。

—— 1910

---

1. 叶尔马克:(1532—1585),哥萨克首领,曾为俄国征服西伯利亚。
2. 罗季翁·奥斯利亚比亚(?—1380),军人僧侣,谢尔吉圣三一修道院修士,被列为俄罗斯东正教圣者。曾随军为德米特里·顿斯科伊大公军队抗击鞑靼人祈祷,参加过库里科沃战役。
3. 弗拉基米尔大公(约960—1015),诺夫哥罗哥大公、基辅大公,在位期间基辅罗斯接受基督教。
4. 弗拉基米尔大公手下部队长官。他有可能就是俄罗斯民间传说中的勇士多布雷尼亚·尼基季奇的原型。

蛮荒之地

蛮荒之地充斥着一种声音,
森林在喧哗,在呻吟,
为了让
猎人的长矛刺穿野兽。
一头驯鹿,驯鹿,它为何
要用犄角携带沉重的情话?
铜的箭头射中了大腿,
计算毫厘不差。
此刻它双膝跪地,
清楚地看见了死亡,
而马儿们会饶舌地说:
"不,这些美男子
我们可不会白白运送。"
你以优雅的动作
和有些近乎少女的美貌
徒劳地极力躲避受伤,
躲避跟踪着逃命者的箭头。
马的鼻息越来越近,
你的角悬得越来越低,

弓弦的拉伸越来越频,
驯鹿没救了,在劫难逃。
可突然,它长出了鬃毛,
接着长出了狮子的利爪[1],
并且从容而又顽皮地
展示它高超的攻击技巧。
他们没有异议,没有喊叫,
乖乖地躺进自己的坟墓,
而它则以君临天下的姿态
傲然屹立——冷眼观察着
那些耷拉着脑袋的奴隶。

—— 1910

---

1. 根据作者的想法,这里化身为雄狮的驯鹿乃是俄罗斯形象。

列车之蛇

逃亡

献给猎鹿者、保达人波波夫:他骑在马上,好似多布雷尼亚。一群猎犬跟在他身后,有如驯服的狼。他的一步抵得上常人的两步。

一

我们谈论的,是我们心目中的美好。
我们斥责胆小和恶习。
列车奔驰,效力于理智的负载物。

二

一座被蛇摇撼的行宫。
砰砰地敲打玻璃窗的插销,
剧烈摇晃乘客的脚跟。

三

酣睡的玩偶不省人事,
我们是大地上的巉岩。
一个乘客对邻座窃窃私语。

四

合着铁蛇飞速奔跑的节拍。

一阵恐惧突然激活了我。隐约间,在窗外的黑暗中

我看到一对亮闪闪的鳃。

五

我扫了周围一眼。他浑身颤抖,尽管

我们俩都还算勇敢。一排残忍的尖牙一清二楚。

原来是条长了翅膀的蛇!面对这口白色利齿,死亡、瘟疫或捕猎中的老虎

六

都算不了什么,幽灵不就是以此来勾引人和蹬腿的吗,

骄傲的名字、民族、荣誉的群峰?

那幽灵跳跃着,目空一切,凌驾于万物之上。

七

见此情景,我不由得想起

众神冷酷的心所得意的祭品。

"究竟为了什么好处,"我吼道,"你复活了

八

那些战胜过蛇的强大面孔?"

作为一种恐怖和一个含混玩笑的缔造者,
他可是接受了地下生物的物种和样貌?

九
但就在这一刹那我发现了一双婴儿的小脚,
在一个拖着尾巴赛跑的竞技场,
一个个短暂瞬间是那么令人毛骨悚然,

十
以致我现在仍记得后来发生的事情。
那高耸的枕脊,如远方的雪山,
如一座大桥架在一只两栖动物身上,

十一
形形色色的人间瘟疫
好似各种符号居住在鳞片里。
死亡和毁灭的凄惨图案

十二
布满滚圆的巨腹,犹如墙上的藤蔓。
头脑的总督,一本开启的书呈现,
仿佛一匹奔马的额鬃。

十三
一个个接续不断的瞬间折弯了巨怪的身躯,
忽而转动套环,忽而像一匹马,蜡烛般直立起来。
粗暴无礼的镣铐击打着地面。

十四
大嘴张开,像是在迎接剑的挑战。
但群星布下的铁蒺藜
吓坏了我,我悄声抽泣起来。

十五
一个同路者,捧着一本毛发一样的书,
坐在长满针刺和鳞片的两栖动物身上,
一只黑色的大乌鸦坐在上面。

十六
翅膀的宽大萨拉凡
用刺麟威胁和攻击空中的某个目标,他的身后
霞光闪耀,仿佛狭窄的伤口裂隙后面老虎的眼睛。

十七
我的同行者惊叫:"灾难啊!灾难!"——

他悲伤过度,一时竟说不出话来。
威胁和指责在朋友的眼里闪现。

十八
我以为人类是上游,而我们却奔向河口,
它绷紧恐怖的蛇翅,
亮出一口恐怖的牙骨。

十九
它急急忙忙奔向远处,
对它的身体而言,奔跑必不可少,
通过这种古老的运动,可以兴风作浪。

二十
它目露凶光,也催人入梦,
就像黄色窗帘后面的争吵,
但愿人能读得懂。

二十一
我们马上回过头去,快速
扫一眼我们熟睡的邻座们:
一片鼾声和无聊的交谈。

二十二
一切臣服于睡眠和交谈。
我想起一个战士与蛇的一场大战,
他擎着一把长剑,一步步走向

二十三
胜利。空气中有两栖动物的气味,而原野
弥漫着血腥,当那只巨怪横尸脚下。
尸体脖子上一个黑洞,咝咝地冒着血泡。

二十四
可是心儿无法效仿古代的先例。
而那只巨怪,经过一番匪夷所思的折腾
还是达到了某种目的。

二十五
它坐在四肢上,伸长脖子。愿望的蜂群
困扰着它,折磨着它,以某种东西召唤它。
结束了一种叫不出名的洗脸仪式。

二十六
它又回来了——我吓得要死!——

它抓起邻座上一个酣睡的乘客,咔嚓一口
吞到肚子里。蛇吃了年轻的代理人!

二十七
悠扬的山谷回响起了
牺牲者的嘴巴发出的非人的嚎叫。
颌骨发出的,高频率,令人不寒而栗。

二十八
它不慌不忙地吞咽着失去知觉的四肢。
睡梦轻轻摇晃着周围的乘客们。
其中几个去了第一个被吃掉的地方。

二十九
"醒醒!"我大声呼喊。"醒醒!灾难啊!他要死了!"——
可谁都没听见,只是手法熟练地打着鼾。
被瞌睡裹挟而去。

三十
这时,幸亏到了一个童话般的停靠站,
我从火车上纵身跳了下来,
差点被齐刷刷的云杉晃瞎眼睛。

三十一
我,一名战士,藏进一片灌木丛,为了活着和尽我所能。
一位战友效仿了我。
云杉林把我们遮住——阳光下宛如黑夜。

三十二
我们躲进丛林,如同躲进洞穴,
消失的恐怖过往的一大堆灰烬。
我们把信仰带入真理。

三十三
与此同时,我们又匮乏理性,
我们吞吃蛇,以此替代食物。

—— *1910*

阿尔菲奥罗沃[1]

古老的诺夫哥罗德家族
出了不少声名显赫的将领,
他们把自豪的香火传给后人,
临终时都说:"我很幸运。"

他,骑一匹长鬃白马,
在波兰击溃了国王。
胜利啊,实在诡计多端,
常让以往的宠儿捉摸不定。

他,端坐在椴树之下,
这伊兹梅尔[2]之战的胜者,
面对一堆白纸黑字的命令
临终时嗫嚅道:"我们赢了!"

俄国人攻打古尼布[3]的时候,

---

1. 辛比尔斯克省库尔梅西县一庄园名,赫列勃尼科夫父亲因工作关系迁居于此,诗人1910年末至1911年初曾在父母家小住。
2. 城市名,在今乌克兰敖德萨州,建有要塞,1770年被俄国人占领。
3. 达格斯坦一古老村镇。

伯父时刻在与死神周旋。
鞑靼人的军刀将他砍伤，
他血流如注，不治而亡。

有时是一群赤贫的农民，
有时骑着黑鬃高头大马，
伴着嘚嘚蹄声，骑兵们
在多瑙河沿岸纵横驰骋。

祖辈们所向披靡的马蹄，
雄健的脚步无数的征战，
战友们的军功和荣耀
为俄罗斯强国增光添彩。

他，在东方服过兵役，
致命的子弹不曾让他屈服，
他单手按住自己的心脏，
微笑着对敌人说："谢谢。"

如今，这份庞大的家业——
公馆和田庄被付之一炬[1]

---

1. 指20世纪初俄国农村暴乱，据统计，仅1905—1907年，俄国欧洲部分就有三四千贵族庄园被烧毁，占全国庄园总数的7%至10%。

大片美轮美奂的庄园建筑
在大火中烧了一天一夜。

然而,恪守着先祖的准则,
这父辈遗训的捍卫者
只是在内室之间走来走去,
不停地揉搓着他的唇髭。

他自会进入先辈的星座!
首都的那些宠儿们
神色忽然间变得凝重,
在一幅幅画框中睁大眼睛。

—— 1910

大象相争便张开獠牙

大象相争便张开獠牙,
犹如画家手下
一块白色的石头。
野鹿相斗便头角交错,
仿佛古老联姻,
既彼此倾心又彼此不忠。
江河交汇而流入大海,
恰似一个人的手
扼住另一个人的咽喉。

—— 1910～1911

人,当他们相爱的时候

人,当他们相爱的时候,
他们的目光意味深长,
他们的叹息意味深长。
野兽,当它们相爱的时候,
它们会用浊物模糊双眼,
用泡沫给自己做嚼环。
恒星,当它们相爱的时候,
它们用大地的织布覆盖黑夜,
一路纵跳奔向自己的朋友。
诸神,当他们相爱的时候,
他们会用格律约束宇宙的颤栗,
一如普希金对公爵家的女仆[1]——
把一腔痴情化作合辙押韵的诗句。

—— *1910～1911*

---

1. 指普希金曾钟情过的娜塔莎,沃尔康斯基公爵家的女仆。参看普希金《给娜塔莎》(1814)一诗。

刺入天空的两棵白杨

刺入天空的两棵白杨
似两把弯曲的匕首,
辽阔的大地仿佛死人,
静静地躺在四周。
一座白色宫殿兀自耸立,
被丢进昏暗和渴念。
看啊,一叶孤舟
在金色沙坡哗然靠岸。
一位少女迎了上去,
飘飘长发裹住了玉体,
她把双手搭在他肩上,
笑容可掬地报出名字。
她带他去做温柔的消遣,
这个穿着体面的男子。
而到清晨,再将他幸福的
被刺穿的尸体推进海里。

—— *1911*

以往我们来此,如温柔的诸神

以往我们来此,如温柔的诸神,
戴着比世界还古老的
树叶的头冠。
月亮的霜花
把这些老迈的脑袋和严肃的双腿
铸成一尊共同的偶像。
如今我们来此,如一支骄傲的
碧眼野人的大军。
我们悄声说:快点,快点,快点!
异地将在血腥的疫病中消亡。
手持六叶槌武器,
身穿猞猁皮,
呐喊在勇敢的群山之上
携着我们奔向自由的高天。

—— *1911*

车夫的梦

为什么我折断了
飞舞的蝴蝶
小小的身体和翅膀?
伏在女娃的坟头
全村哭得好悲伤。

—— *1911*

仿佛一片黑云,大雷雨的乌云

仿佛一片黑云,大雷雨的乌云,
一棵大树高悬于花园之上,
海潮的低处
镜子般映出群星闪烁的目光。
你独自站在大门口,
穿一身白色。
满目荒凉……民众沉默不语,
而你站在那里究竟为何?

——1911

我合上眼睑便会看见芬芳的浮屠

我合上眼睑便会看见芬芳的浮屠:
大汗的宠儿猛犸曾在此居住。
铃铛将声音从屋檐倾泻到地上,
缤纷的长明灯花环优美地闪耀。
我看见刻赤火山的地下云霓,
高悬的彩虹,灰蓝的烟雾,
飞奔的红石,呼啸,雷鸣。
鲜红的雨水令野人胆战心惊。
可这又如何? 一尊额头
拉长的偶像飞向片片白云。

—— *1911*

两位朋友都年轻气盛

两位朋友都年轻气盛,
都有一副彪悍的眼神,
你们俩都是我的兄弟,
但其中一个是我夫兄。
啊,容光焕发的小弟,
让我们一起奔向北方,
在夕阳的金色余晖中
那棵刺柏将变得阴沉。
朋友们!心签已抽好。
黑色的石头想要这样,
它被太阳从嘴里掷出。
祷告的烈焰光芒万丈。

—— 1911

致猛犸的尸体

已经不止一千年了,
乌云的驱逐者冷酷的维列
挥舞严寒之鞭驱赶鸟儿飞去,
西伯利亚上空的鸟儿们都认识你。

闪电击打你,暴雨抽打你的皮肉,
你熟悉雷雨的咆哮,老鼠的叫声,
但你那对弯曲的獠牙一如既往
在垂地的双耳下闪闪发光。

你披着毛茸茸的棕红斗笠卧在那里,
仿佛这片土地严肃的理性,
只见一个通古斯人踩着滑雪板飞奔,
眯缝起一双乌黑的小眼睛。

—— *1911*

当朦胧的黄昏、晚霞的余痕

当朦胧的黄昏、晚霞的余痕
以及惨淡的天空
在田野上方,在近前和远处
若有所思地泛起绿色和蓝色,
当一团熄灭的巨大篝火
残留的一片辽阔灰烬
在星空墓地的入口之上
竖起一道燃烧的大门,——
这时,一只飞蛾不由自主
沿着一条流水般的光束
飞向一根白色的蜡烛。
它挺起前胸扑向一团火,
投入烈焰的波涛之中。
看啊,看,它倒下了,
以这种方式结束了此生。

—— 1911～1912

我们的羌菁十分令人担心

我们的羌菁十分令人担心:
刀开了刃,又快又准又狠。

—— 1911～1912

回文诗[1]

（抹泪吧，苦难和烦恼的干亲家）

马，蹄声，修士。

但非言语，而是他黑。

我们，年轻一代，走在铜之谷。

拔剑出鞘，官员仰面倒地。

饥饿啊，剑何以如此之长？

野火[2]，鹰爪情绪败坏，士气低落。

怎么了？我是猎物？父命难违！

毒药啊，毒药，叔叔！

走，走！

严寒打结，我的目光在攀爬。

有气无力的召唤，一车毛发。

车轮。心疼行李。磨刀石。

雪橇、木筏和大车，人群和我们的呼喊。

---

1. 此诗通篇用回文写成，作者自称是在毫无理智的状态下一挥而就，但仔细琢磨其中各个意象及其内在联系，很难说这是一篇纯粹的游戏之作。此处无法再现回文，只直译文意。
2. 野火：原文 пал，此处既可理解为名词（野火、烧荒），也可理解为动词пасть（陷落、倒台）的过去时形式。

道赫[1]得意,板车移动。

我躺着。可是真的?

藤条窝棚凶巴巴,赤裸裸。

从死亡女巫身上奔向你们,奔向三[2]。

——1912

---

1. 道赫:古代印第安人的一种武器,类似短剑。
2. 三:赫列勃尼科夫认为这是一个不吉利的数字。

绿色的林妖——森林里

绿色的林妖——森林里
那位获得灵性的失足者，
在打磨一支短笛，
野性的白蜡树摇摇晃晃。
祥和的云杉在呻吟。
他用产自森林的芬芳蜂蜜
为白日的终结涂油，
并企图将我哄骗，
伸出手，给了我一块冰。
他的眼睛，苦闷的冰锥，
我承受不了这样的直视：
里面有请求，有允诺，
当面给我的直截了当的回应。
耙子般的双手举了起来，
梳好的亚麻纤维东摇西摆，
满是皱纹的松弛的身躯
和蓝色的视野东倒西歪。
我是匆忙中偶然遇到的，
我的青春时光啊，——

林妖狡黠地眨了一下眼，
推了推我："去那方？"

—— *1912*

一只小狐狸跑了过来

一只小狐狸跑了过来,
脚步轻盈,摇摇摆摆,
她温柔地竖起耳朵,
一副放肆的机灵鬼模样,
气呼呼地摇摆着
那条蒲扇一样的黄尾巴。
小鸟们奇怪地狂欢着,
唧唧喳喳,啁啾不已。
恐怖之声从一旁掠过,
绞刑架的吼叫,断头台的哀嚎。
那可是苦命女的车轮在转动?
抑或是媒婆们强行把人带走?
我在这嚎叫中听到了地狱之苦,
去吧,别让时间阻断了救助之路。

—— *1912*

身体——花纹的内里

身体——花纹的内里,
孤单且轻巧,
你从一大早便在
撕扯飞蛾的摇篮。

整个乃生命之虹
和深红的嘴唇所固有。
周围是黑杨树的浓荫,
万物齐唱:我在绽放!

北,西,四面八方
被表情严肃的花园围住。
虽不情愿,但我还是
紧赶慢赶地跟上你的脚步。

这位黑眼女公民时不时
怯生生地斜眼瞟着我,
不紧不慢的南方女子
会突然从李子树后伸出手。

嘿，年轻的英雄，
让我给你戴上桂冠，
你将忘记那场战斗，
忘记那次背叛。

你要顺从地坐到我身边，
注视着我的双眼，
我要像白桦树一样
用枝条将你热烈地抽打。

对喀山白色克里姆林宫的指令
姑娘啊，莫要不以为意：
被战斗击穿的围墙
毕竟不利于防御。

尽管塞瓦斯托波尔也很低矮，
整整一年都在加固。
我像骄傲的白杨一样挺拔，
从四面八方都休想靠近。

世界上再也找不到一个人
能比土库曼人心直口快。

迷人的姑娘啊，背叛
确确实实，不够厚道……

我不由得放声大笑，
心想算了，饶恕这可怜虫。
脸色苍白和摇摇晃晃的我
很快将与你一起躺下。

—— 1912

秋千的法则下令

秋千的法则下令:
要拥有一双鞋,有时可大,有时可小。
要拥有一些时间,有时白天,有时夜晚。
要轮流担任大地的主宰,有时是人,有时是犀牛。

—— 1912

放荡者的沉思

然而你白中带蓝的眼睛
像马眼一样惨淡。
头发蓬乱。放荡的影子
形成一个漂亮的图案。
啊年轻人!那些人何等幸运,
不曾见过绯红的面颊、燃烧的眼睛。
毕竟他,在蓝色的夜空
看到了你们所看不到的星云。

—— *1912*

梦——忽而是春雪的邻居

梦——忽而是春雪的邻居,

忽而是某个杜马中不稳定的左翼政府。

辫子——忽而垂肩,装饰头顶,

忽而割草[1]。

容器——忽而装满燕麦,

忽而施展语词的魔法[2]。

—— 1912

---

1. 俄语中的"辫子"(коса)同时也有"镰刀"的意思。
2. 俄语中的"容器"(мера)同时也有"格律"之意。

摘自盖达马克[1]之歌

"想当年,常有波兰地主
两脚朝天从悬崖上飞下去。
穿着进口翘头尖皮靴的脚得意洋洋,
地主婆见一把明晃晃的刀悬在自己头上,
扑通一声跪倒在地,直吻对方的脚。
蓄着唇髭的地主海象般从深渊里探出头,
只为哀叫一声:'Santa Maria!'[2]
而我们这些半大小伙子,兴奋得大喊大叫,
在恰尔托里峡谷[3]深处朝他们扔石头。
我们打发地主,让他们顺河流漂走,
他们的女儿们则对我们投怀送抱。
那是一段令人愉快的时光,
那是一场押上血本的豪赌。
地主婆成了我们雇来的洗衣工,
而地主还在水上漂着,不时有麦鸡落到脸上。"

---

1. 17—18世纪反抗波兰地主的乌克兰哥萨克。
2. 拉丁语:"圣母玛利亚啊!"
3. 在赫列勃尼科夫出生地洼下村,村里存有恰尔托里斯基公爵宫废墟遗址,峡谷名应与这位公爵的姓名有关。

——不对吧,老人家,不应该:
锦缎和粗布毕竟不可同日而语。

——*1912*

当一对鹿角在绿草地上抬起

当一对鹿角在绿草地上抬起,
它们好似两根枯木。
当诗人的心裸露在词语之中,
人们会说:他疯了。

—— *1912*

我仔细谛听你们,数的气味

我仔细谛听你们,数的气味,
在我眼里你们穿着兽皮,打扮成野兽的模样,
单手撑在一棵拔倒的橡树之上。
你们慷慨馈赠——宇宙之峰的蛇形运动
与扁担[1]的舞蹈之间的统一。
你们允许我把连绵的世纪
理解成某个人短促地开口大笑时露出的牙齿。
理解成此刻以先知形象张开的我的瞳孔。
让我了解**我**将是什么,当他的被除数是一。

—— *1912*

---

1. 扁担(коромысло)一词多义,除常见的"扁担"和"秤杆"之外,还有"蜻蜓"和"大熊星座"之意;在赫列勃尼科夫笔下,很可能兼而有之。

天空让人透不过气

天空让人透不过气
并有灰蓝和奶头味弥漫
请你们啊务必爱我
务必对我网开一面

更不要说我体内流淌的
本来就是自身和你们
更不要说把我送上十字架的
本来就是草原和柳林

—— 1912

被何人驱逐？我焉能知晓

被何人驱逐？我焉能知晓！
是一个问题：生活中的吻究竟有几多？
是罗马尼亚女郎，多瑙河的女儿，
或是一首关于波兰美人儿的古老的歌，——
我跑进丛林，跑进峡谷，跑进深壑，
我住在那里，透过雀儿的聒噪，
似雪白的光束，熠熠生辉的羽翼
向着敌人们炫目地闪耀。
看得见世人命运的车轮，
我，如天上的一块石头，沿着
并非我们的、火星四溅的道路驰奔，
向沉睡的人们发出可怕的呼啸。
当我在霞光的旁边坠落，
人们慌作一团，大惊失色。
一些人要我销声匿迹，
另一些人则求我发光发热。
在南方草原的上空，犍牛们
摇晃着黑色犄角的地方，
一个苍白的魔鬼捻着络腮胡，

携带着闪电的花环,飞向
北方——北方,在那里
每一棵大树都仿佛竖琴在歌唱:
他听得见长毛丑八怪的吠叫,
他听得见击打煎锅的声响。
他说:"我是一只白鸦,孤立无援,
但一切——黑色怀疑的压力
和白色闪电的花环,——
为了一个幻影,我会统统抛弃。
我要腾入高空,飞进白银之国,
我要成为善的铿锵信使。"

井中的水是那么渴望
分道扬镳,向井外奔涌,
好让泥潭中清晰映出
系着金色装饰的缰绳。
仿佛一条透迤的细蛇,
水儿奔流,行色匆匆,
她是那么想要,那么想要
做一次逃亡,向四处延伸,
好让黑眼睛的少女

她辛苦得来的高筒靴[1]
变得更绿，更加俏丽动人。
呢喃的细雨，欢愉的呻吟，
脸上因羞涩而浮起的红晕，
那些三面围起的农舍、窗户，
饱足的牲口们发出的吼声。
扁担上扎着一朵小花，
蓝色的小河边停着一只小船。
"拿去吧，又给你买了块披肩，
我腰包鼓鼓的，不怕花钱。"——
"他是谁，他是谁，想干什么？
这双手真够粗野和毛糙！
可是要在爹爹的家门口
放开嗓门把我肆意嘲笑？
或许？或许我会答应
那个帅气的黑眼睛青年，——
关于众人的满腹狐疑，——
我是否该向父亲抱怨？"
唉，我就是这燃烧的命！

---

1. 高筒靴，原文为 чёботы，该词地域色彩很浓，在乌克兰和俄罗斯某些地区，当地人也以此称呼一种兰花。此处可能一语双关。

然而,我们为何企图用嘴唇,
用一团灼人的烈焰
抹去墓地刮起的灰尘?

此刻,我正飞往一个更加悲苦之地,
像一只郁郁寡欢的老鹰一样。
当我以老者的目力俯视地上的喧嚣,
刹那间,我看到了那个地方。

——1912

雪白而又强健的美人儿

雪白而又强健的美人儿
有个大眼睛的美好梦幻,
你夜半时分的发辫
疯狂时刻出现在我面前。
多么迷人,多么乌黑,
缠绕着欢乐的花环!
是的!乌鸦把它丢下,
独自一个长久飞旋。
这腰身的白雪莫不是
因此而显得这般绚烂,
为了让宇宙的声音和歌唱
能够回响在人与人之间?

—— 1912

似是而非的人们

鸟儿要想高,
就朝天上飞。
小姐要想高,
鞋跟高几倍。
若我没鞋穿,
就去市上买。
若谁没鼻子,
就把蜡买来。
民族少灵魂,
邻族去找寻,
得之代价高,
旋又丧失尽。

—— *1912*

马死时——呼吸

马死时——呼吸,
草死时——枯萎,
星死时——熄灭,
人死时——唱歌。

—— 1912

我的眼睛似秋天步履蹒跚

我的眼睛似秋天步履蹒跚,
在张张面孔的他人田野逡巡。
可我要告诉你们——世界轴心:
"这还要问我答不答应!"
真想跟会盟上的贵族一样,
一只手按住军刀的把柄,
冲我们意愿的主宰大吼一声,
让自由的桎梏戛然松动。
声名显赫的萨佩加[1]大人
雷霆震怒,四野俱惊,
可以想见,他身上那件
雪白的白鼬披风何等富贵雍容。
他倒下了,摇摇晃晃地倒下了,
身下的汝班[2]被鲜血染红。

—— *1912*

---

1. 列夫·伊万诺维奇·萨佩加(1557—1633),立陶宛大公国国务活动家、军事家、外交家和政治思想家。
2. 古代乌克兰和波兰人穿的男短上衣。

相遇的捉弄

对怯生生发起的言语围攻
你报以高傲的淡然一笑,
你走了,头也没回,内心
浮起一丝耐人寻味的伤感。
是的!要让一位女王放下
双唇高傲的炫彩,未免冒失。
如今你我相遇了。命运乐意
改变你:你研究过一具古尸。

—— 1912

七人行 [1]

一

为何脊背和脸面变得像马?
为何脊背和脸面变得像马?
你冲谁这样嘶吼,怒目圆睁?
对狂野不羁的美人儿我早就情有独钟,
对狂野不羁的美人儿我早就情有独钟,
所以我把脚掌换成了马蹄。

二

少女们没有这样的怪癖,
少女们没有这样的怪癖,
她们更喜欢一个举止轻浮的少年。
这里的姑娘们冷酷,但心还是热的,
这里的姑娘们冷酷,但心还是热的,
那就是伟大的希利亚 [2] 的女儿们。

---

1. "七人"指布尔柳克三兄弟(大卫、弗拉基米尔、尼古拉)、赫列勃尼科夫、马雅可夫斯基、克鲁乔内赫和利夫希茨。布尔柳克兄弟的父亲担任过莫尔德维诺夫斯克里米亚庄园的管家,1910年代初,上述七人曾去庄园做客和聚会。
2. 希利亚森林,热带雨林。传说萨尔马特人起源于西徐亚人与亚马逊女人混血,希罗多德的《历史》对此有记载,赫列勃尼科夫对此传说做过一系列回应。据希罗多德,希利亚是第聂伯河口外西徐亚游牧部族的一部分。

三

伟大的希利亚,名字我熟悉,

伟大的希利亚,名字我熟悉,

可你为何丢下披风和裤子?

我们蓦地出现在她们面前,

我们蓦地出现在她们面前,

好像草原上身手敏捷的骑士。

四

她们接下来会对你们做什么,

伊戈尔啊,伊戈尔,

她们接下来会对你们做什么,

这个国度的女儿们?

她们会骑到我们身上,这些白衣女子,

同志和朋友啊,

她们会骑到我们身上,这些白衣女子,

并驱使我们响应战争的召唤。

五

你们有多少人,谁更关注,

鲍里斯啊,鲍里斯,

你们有多少人,谁更关注

马的命运,而非人的命运?
七个伟大的千面人,
同志和朋友啊,
七个强壮的千面人——
我们,被烦闷蚕食。

六
可万一那支少女骑兵队,
鲍里斯啊,鲍里斯,
可万一那支少女骑兵队
心满意足地结束了战斗?
每个人都忠实于欲望,每个人都企图,
同志和朋友啊,
每个人都忠实于欲望,每个人都企图
用剑挑开她们的腰带。

七
你们是不是在琢磨一件,
鲍里斯啊,鲍里斯,
你们是不是在琢磨一件
可怕之事,啊弟兄们?
不,姑娘们在黑暗中格外温顺,

同志和朋友啊,
不,姑娘们在黑暗中格外温顺,
我们要偷走她们的衣服,她们的剑。

八

可偷了她们的剑,该如何面对她们的眼泪,
鲍里斯啊,鲍里斯,
可偷了她们的剑,该如何面对她们的眼泪?
那是一种原始武器。
我们用灼灼燃烧的目光,
同志和朋友啊,
我们用灼灼燃烧的目光
回答她们。这手段——不比她们的逊色。

九

然而你们有何必要,
鲍里斯啊,鲍里斯,
然而你们有何必要
背叛她们美丽的容貌?
众志成城的她们可以全歼来犯之敌,
同志和朋友啊,
众志成城的她们可以全歼来犯之敌,

但我们更愿意看到敌人落荒而逃。

十

短发与长发，卷发与直发，
鲍里斯啊，鲍里斯！
短发与长发，卷发与直发
彼此间的纷争或与你们相称？
这场争执令我们痴迷，
同志和朋友啊，
这场争执令我们痴迷，
这些战争把人们引向幸福。

—— *1912*

夜,充盈着星座

夜,充盈着星座。
怎样的命运,怎样的讯息,
书啊,你在广泛流传?
是自由还是奴役?
在这广阔无垠的苍穹
我要读的是怎样一张命签?

—— 1912

我胜利了:如今,我将领导

我胜利了:如今,我将领导
这些平凡和蒙昧的人民,
信仰啊,在睫毛里闪烁吧,
信仰,是奇迹的助手。
往何处去?我不折不扣地回答:
人们,就好比失去房顶的屋子,
将用那些使我显得高大的苔草
垒起跟房顶一样规格的高墙。

—— *1912*

我听到两个年轻人的谈话

我听到两个年轻人的谈话
充满了哲人的玄机:
世上有数,无数则有胡说之道
三个瞎子关于光明的争论。
与数字吻合,则言语无误,
儿童的嗫嚅,其深刻胜过经书,
但何处缺少数,必龌龊不堪。
谎言的方式未能提升共识。
扣上了理想光环的语言
若缺少数,就是一个坏同志,
而我们的头脑习惯了数的权杖。

—— *1912*

一封被忘却的信滞留在手上

一封被忘却的信滞留在手上。
向晚的西天一片绯红。
啊,怠惰的真理发现者!
圆——别忘了这是上帝的扑尔敏。
对于孩子柔弱的身体
爸爸圆形的怀抱多么有力。
不过也好:长度之神在圆环中找到安逸。
永恒之鸟在圆环中啁啾。
你要学会在灵魂中也能找到圆环——
并让这位新神面向宇宙。
旅行人啊,诸神会叫喊着递给你
一大杯:"随意饮用吧!
这是艾克桑培苦泉[1]的波涛!"
我,从天国为人类盗取权利者,
把思想藏到含混词语的眼睑之下。
然而,很有可能,并没有扼杀,——

---

1. 古希腊语死水、苦泉的意思。

维伊[1]将把他的眼睛送给别人,

而那人会用听得懂的语言说:

"快搂住这狂放不羁的头脑!"

—— *1912*

---

1. 东斯拉夫神话中来自地狱的恶魔,能用目光杀人。他的眼睛通常被巨大的眼睑和睫毛覆盖,需借助外力才能抬起。

在这里,白杨穿透了秋天

在这里,白杨穿透了秋天
萎靡不振的小丑的马口铁,
在这里,重力从天上消失
并逼迫您展露笑靥,
在这里,一马平川的大地
在扎堆的谷物烘干房下鸣笛,
好让莫尔德维诺夫[1]一边听取
手下汇报,一边计算收益,
在这里,过路的客人,唉,
会对不幸的情敌拳打脚踢,
在这里,捉迷藏可以
拯救一批又一批人
免受硫磺火柴之光的伤害,
在这里,火鸡、鸡和鹅
活在雅努西娅[2]的庇护之下,

---

1. 指亚历山大·亚历山德罗维奇·莫尔德维诺夫(1887—1950),生于贵族世家,伯爵,赛车手和俄国早期赛车运动的组织者之一。
2. 雅努西娅,即大卫·布尔柳克的小妹玛丽安娜(1897—1982)。

在这里,您,一个目光恬静的女子,
蒙受着大自然姨妈的关怀,绽放如花。

——1912

她走起来,她唱起来

她走起来,她唱起来,
声音嘹亮,威武,哀伤。
一只蓝胸佛法僧飞过头顶,
长着色彩斑斓的羽毛。
"我是一个舞者,我很轻盈,
我有一双蝴蝶的翅膀。
对于我想以怎样的方式
度过我的一生这个问题,
我的回答是:我将带头
为小蝴蝶偶像们效力。
我是快乐人群的领袖,
我是盈盈笑意的雨滴。
这些白色的台阶,
白色贞洁的白色城堡,
只要他愿意,最为暴虐之地的
首领们也会变得愚不可及。
那些蝴蝶、田野、水洼和花朵
皆我所爱。
我的微笑令人生畏,

这身洁白喜欢翩翩起舞。

夏天我流连于蜻蜓的花园,

冬季则做斯拉夫女人的姐妹,

我用毛皮盖住雪橇,

迎着冷风和严寒飞奔。

嘿!我隐蔽在熊皮车毯后面,

冲正在驶过的一对高喊。"

—— 1912

我所需不多

我所需不多!
一小块面包
和一滴牛奶,
还有这天空,
还有这云彩。

—— 1912, 1922

蔷薇的勇敢伙伴

蔷薇的勇敢伙伴
像一块石头,在一次有些
调皮的交谈中灵光一闪。
不了解罪魁祸首的底细,
我嚷嚷着搬开我的椅子。
我开始思考大海。
啊,单纯和调皮的交谈,
仿佛翻开的书页的占卜者,
难堪而又好奇的我,向深处望去,
向一对明眸的烈焰深处望去。

—— 1913

你是青年人的女神

一

你是青年人的女神,
慵困的一对弯眉。
你真美啊,夜里
躺在一片麦草席上。

二

月镰那非人的目光。
责备、声讨、反复交谈,
令人难堪的威胁:自缢,
终结与惨淡人生的争论。

三

怎样的欲望的哗变
摆出了这严酷的姿态?
并把朝圣者的装束
丢到迟疑的茨冈女人脚下……

四

精致的茎秆上开着

一朵七口钟拼成的小花,

您把它别在我的衣襟,

然后一头扑到我的怀里。

—— 1913

毒芹

一则寓言

要知道,有一种草,可做软膏,
生长在不洁之地的边缘。
不错,说的就是那些老公爵:
他们年纪尚轻的时候,
罗斯在此与一百个鞑靼人交战。
携带着成捆的哀怨和痛苦
新的一年到了,除旧布新。
它的芦笛助手们
吹响春日的旋律,
鼓起胖乎乎的脸蛋,
脸蛋就像两只梨,变得浑圆。
可那片土地忘记了什么是笑,
瘟疫肆虐时只有天鹅来此产卵,
老骨头见状高喊:"是的!
我们将永远铭记那场战斗。"

—— *1913*

清晨漫步

好似白色的熊掌
来自天空的朋友为我涂膏,
清新的暴风雪
为我讲述以往的故事。
我极力避免出门闲逛,
一张圆脸,其貌不扬。
我听到夜间鹅叫,
那里有一辆汽车经过。
一匹有名的奥廖尔大走马
驾着倾斜的车辕大步前行。
啊,绿油油、灰蒙蒙的
屋顶的群山!
可脑子里装着两个十三[1]。
马搭里装着劣质的行李!
去找女巫讨个建议?
我相信鬼,相信预兆!

——— *1918*

---

1. 此诗为大卫·布尔柳克的妹妹娜杰日达生日而作,诗人给该诗标注的写作时间是 "13—13"。

在林中

花卉词典

请将头发上的露水挤出来,
浇到这些金灿灿的菊蒿上。
空中的赤杨好像一只耳环,
讥讽地喊道:"仅此而已?"
比驴蹄草更大的是黑色的寒冷,
去吧,罗格沃洛德[1]在呼唤你。
女娄菜触碰了驴蹄草,
于是时间变得气朗天晴。
须知被我烘干的女娄菜,
是对旧的诸神的纪念。
那时银光闪闪的种族
就在这些牧场上游荡。
拎起蜜黄的破衣烂衫,

---

1. 鲍里斯·弗谢斯拉维奇·罗格沃洛德(1054—1128)波洛茨克大公。他统治期间,曾遭遇连年霜冻和歉收,于是他下令在多神教石冢上雕刻十字架并刻上这样的字句:"主啊,救救你的奴仆鲍里斯!"

女神的高鞘靴虚位以待。

白色的云杉和白桦

仰望着天空,还有枸杞。

水越桔半隐在草丛里,

长生草在等待巫师。

为了像牧草一样保持年轻,

一个乡村少妇一早赶来。

马的颅骨同族——尸骨,

冻绿朝它屈下身子。

给自己也取个那样的名字吧,

可以让你变成温柔的丽雅丽雅[1]。

全村的人都被召集到这里,

大马车拉来了自家的美女。

如果你们发现了

骑着天鹅的丽雅丽雅,

你们会用这位美女

标识天上最美的白昼。

春天的血液会铿然做声:

---

1. 丽雅丽雅,白俄罗斯一古老民间节日中春天的化身。这是一个身穿白色衣裙,头戴春天花冠的美丽少女,被人们带到田野上,加入节庆;节日上人们用各种仪式和春歌祈福,求上天赐予好收成。

"骑天鹅的丽雅丽雅——爱的丽雅丽雅!"
引得威风八面的小伙子们
成群结队地赶往饮马场,
大马车拉着本村的美女——
她被鲜花簇拥,满心欢喜。
赶来过节的人群旁边
黄色的麦垛脸色阴沉。
假如雄鸡们鼓起掌来,
还有黄昏的情歌加入其中,
挺拔的白杨就一定会
观赏这尘土飞扬的节日喜庆。
在新的名字之下——奥列格们,
维沙特们,多布雷尼亚们和格列勃们
争先恐后,纷纷跑过来推拉
被麦穗遮得严严实实的马车,
他们的蓝色女王。
然而,将手指尖插进鲜花的她,
皮肤黝黑的她,幽灵般站了起来。
"你多么圣洁,黝黑的罗斯。"
所有花卉的茎秆为她歌唱。
周围弥漫着蛤蟆菌和女娄菜的清香。
弥漫着浓烈的稠李花的味道。

嘿！别这么严肃，别这么严肃，
但要像茂密的树林一样淳朴。

—— *1913*

我坐在大象的轿子上[1]

我坐在大象的轿子上——
少女们的身体结成的轿子。
人人爱我——新的毗湿奴[2],
盘坐在轿子上的冬天幽灵。

你们,大象的肌肉,
落入童话般的罗网并不是
为了让她温柔地流到地上,
像柔软的长鼻子一样落下。

你们,白里带黑的幽灵们,
比樱桃树还要白,还要白,
你们抖颤着顽强的身躯,
像夜间的植物一样灵活。

而我,骑着白象的菩萨,

---

1. 此诗的灵感来源于印度的一幅小型彩画,上面画的是一群少女身体相互纠缠,结成一个大象的形象,毗湿奴的化身安坐其上。
2. 印度教三大神之一,保护之神。

依然如故,深沉而自如。
一位少女见了,向我报以
一种感激的微笑的热火。

请知悉,成为一头沉重的大象
无论何时何地,都备受尊敬。
痴迷于梦想的你们啊,更紧密地
结成一台轿子吧,用你们的身体。

巨齿的波涛殊难重现,
成为粗壮的象腿委实不易。
带花环的歌和芦笛的约言,
蓝眼的大象与我们同在,彼此守望。

———— *1913*

作于战前

"你在干什么,贝琴涅格人[1],
拿着你的榔头敲来敲去?"
"啊,路人,我们的帐篷
为了皮球而忘记了刀剑。
在勇敢出征的那一天,
野蛮凶悍的贝琴涅格人
设下埋伏一举击溃了
斯维亚托斯拉夫[2]的平底战船。
他身着粗麻布的衬衫,
腰间佩一把剑,
走在荒凉的纤道上。
真正的勇敢者无所畏惧!
那些因忌惮希腊人而不敢
留在佩列米什尔的人
纷纷聚集到了船尾——

---

1. 源于突厥的一个游牧民族,9—11世纪时在古罗斯南部边境达到强盛。
2. 斯维亚托斯拉夫·伊戈列维奇(942—972),伊戈尔公之子,基辅公国军事统帅。公园972年,率军从拜占庭返回的斯维亚托斯拉夫,在第聂伯河的一处石滩上遭贝琴涅格人伏击而亡。据传,敌人用他的颅骨做成宴会用的酒碗。

看得见一处处的石滩。

远处那个石滩闻名遐迩，

那份荣耀慷慨而又惨淡，

如今又一次浸染了

斯维亚托斯拉夫高贵的血。

你听，最后一名战士

在追赶远处的一个首领，

他大声吼道：'大公，给你一匹马，

愿你能躲得过那片箭雨！'

斯维亚托斯拉夫，神色威严，

他扫视一下那片白茫茫的头盔，

从鞘中拔出那把长剑，

厉声说道：'我来会会你们！'

听到这句熟悉的回答，

很多人顿时心惊胆战。

肢体伤残的我们不止一次

从大公手下侥幸逃脱。

他来了，在烦躁不安的

山谷之上，好似一座巉岩，

但一个蛇形环扣[1]飞来，

---

1. 即套马索。

给这位将领带来了死亡。
'他是一匹狼,不是一只羊!'
首领对草原低声说道。
'请用黄金雕花覆盖他的
遗骨,在理智的栖居地。'
我将多瑙河著名的汁液
灌进脑袋深处,
并开始啜饮,一边回味着
壮士们的呐喊:'我来会会你们!'
这就是为什么我会坐在这里,
弓着腰,拿走榔头敲来敲去。
要知道,帐篷今天会为之一震,
人们将为皮球而忘记刀剑。
草原的女儿们将翩翩起舞,
炊烟将织成一条条锦缎,
人们将用马蹄铁翻耕土地,
不停地赞美红方块和皮球。"

—— *1913*

加里西亚之夜

—美人鱼

我从一条旧平底木船上
俯看水下的海草,
我将独自坐进
白色沙石的座椅。
用一身硬骨呐喊、耕耘
你所要去的地方。
乌鸦啊,乌鸦,可预感到客人将至?
我的君主啊,你将遭遇灭顶之灾!

—勇士

这十恶不赦的寒冷,
醉酒的美人鱼的狂吼。
到处是尖叫,一片慌乱,
留下来只会凶多吉少。

(离去)

众女巫之歌

啦啦嗦夫!呖呖嗦布!
容让—嗦布咧咧。
嗦布咧咧!啦,啦,嗦布。
容让!容让!

众美人鱼
(唱)

伊阿伊欧咔嚓。
奇欧伊阿啪嚓!
皮呲啪嚓!皮呲啪嚓!
伊欧咿呀咔嚓!
登扎,登扎,登扎!

众美人鱼
(手持萨哈罗夫教科书并据此而歌)

在樱桃与车厘子之间
核桃树的形象忽隐忽现。
还有一把鱼叉

有时特别刺眼。

而一条小溪在哗哗奔腾,

奔腾着,冲击着两岸。

尽管一条绵羊的白色胴体

紧紧依偎着那个树墩,

并朝一只芦笛伸出了

一把把裸露的刻刀。

路啊哈多,伦多,伦多。

绍诺,绍诺,绍诺。

呼嚓,呼嚓,呼嚓。

啪呲,啪呲,啪呲。

欧普利什义军[1]为战友举行葬礼

"拔刀!"那是战斗的呐喊,

如今你已不在人世。

小伙子们神色严峻,

他们的脸笼罩着阴影。

---

1. 指15—16世纪加里西亚民族解放运动的参加者,多为农民。

一美人鱼

他们这群人抬的是谁,
女邻居啊,猜猜看。

众美人鱼

伊欧伊阿咔嚓,
伊欧咿呀咔嚓。
皮呲,啪呲,啪呢,
皮呲,啪呲,啪嚓。
伊欧咿呀咔嚓,伊欧咿呀咔嚓,
柯波嚓摩,米诺伽摩,呼嚓,呼嚓,呼嚓!

众女巫

沙嘎当,马嘎当,维嘎当。
丘赫,丘赫,丘赫。
丘赫。
(作人字形,像大雁一样飞走)

交谈中的加里西亚女人们

一个古楚尔人在往这边走,
穿着黑色的无袖衫。
他就住在山顶上,
那里有高个子的马夫卡[1]。
几天前还有人见过她,
就在那块野人石附近,
在黑夜将尽未尽的黎明,
此事千真万确绝非梦话。
记住她的长相!马夫卡黑眉毛,
双手握一条弓一样的死游蛇:
牢牢握紧那条蝰蛇吧,
嘴上要唱着渔夫的歌。
她的后背没有皮肤,
她比蔷薇还要红,
她的脚步凶猛有力,
一双勾魂的月牙眼睛
直勾勾地盯着你,
腰间皮带上别着一把斧头。

---

1. 乌克兰民间文学中的恶鬼,没有后背,故内脏裸露着。

没谁的微笑比她更露骨,
是的,妖精,你很恐怖。

———— 1913

啊,蚯蚓

啊,蚯蚓,
请在长春花[1]饮料中
点燃系在一条黑线上的
两块水石。
黑暗荣耀的阴燃木,
我,不空虚也不无耻,
但却疲惫和冰冷。
我坐着。温暖我吧。
但愿我肩膀的巉岩上
这张面孔不会变得崎岖不平,
但愿唱歌的双手的话语
能触及我的双手的听觉。
须知,通过长春花的魔水
我能知晓,我能知晓一切:
那块三角头巾是否在讥笑我,
一如从边缘化开的冬天。

—— 1913

---

1. 又名日日草,据巫术的说法,用长春花提取的汁液,可用于检验忠诚度;民间认为,将长春花碾成粉末与蚯蚓搅拌一起掺入食物中,可起到滋阴壮阳的功效。

致佩伦[1]

金雕在你头顶盘旋，
有时还会落到雷神肩上，
当你掠过，飞越一片片沼泽，
那些渔村便会惊恐万状。
被大江大河裹挟的神啊，
迎接你的是天鹅的怨吼，
可是为了惩罚否弃你的种族
你预设了对马海战的结局？
你可知道，我们终有一天会奋起，
就像宇宙的某个幽灵，
一旦我们厌倦了被迫害
并在时间中获得一个低岸？
蓝色力量的大会，
在壮士们以长矛相迎时，
是否对你唱过："我们不会
在另一时间的开端里沉睡"？

---

1. 又译佩鲁恩，斯拉夫神话中的雷神，系多神教神祇，罗斯988年受洗后，弗拉基米尔大公下令将他的偶像丢进第聂伯河。

相信你的人怀着希望与你同渡，
他们高呼"神啊"，护送你，
当你下船登上低矮的沙岸，
往事便将你像战利品一样分享。
犹如动物为配偶拖来食物，
那还在滴血的热气腾腾的美味，
难道弗拉基米尔没有同样把你
那镀金的长髯送给罗格涅达[1]？
你知道，帆会改变航线，
我们会变得忠贞不渝，啊雷神，
当黄色力量与白色力量的争执
将我们年轻人重新团结在你周围，
你像亡灵一样被供奉于雪橇，
就像曾几何时你横渡第聂伯河——
你就这样结束了佩第[2]纷争，
重新体会相互扶持的全部甜蜜。

—— *1913*

---

1. 罗格涅达（？—1000），弗拉基米尔大公之妻，智者雅罗斯拉夫的母亲。
2. 诗人生造的一个词，由佩伦和第聂伯河两个词缩略而成。

尴尬之歌

在石头筑起的路基上
我遇见一根针叶树枝。
我觉得,不会有更枯瘦的手,
叩击我的那份生命家产。
这么早?奇怪:像一具骷髅
傍晚时分来到你面前,
并伸出一只长长的手臂,
用星座的光辉将客厅填满。

—— *1913*

今天我还去集市去商场

今天我还去集市去商场,
去同这生活进行对抗。
我要率领诗歌的大军
跟市场的冲击展开较量!

—— 1914

我不会带着声声祷告

我不会带着声声祷告
飞向寒星之间的那条路,
我要带着滴血的剃刀前去,
以一个亡者的冷峻面目。

—— 1914

苹果树散发着安静的气息

苹果树散发着安静的气息,
白色的苹果树和稠李树。
那是贵妇在持斋守戒,
生怕自己有所闪失。
一个个死人在浮游,
一个个死人在划桨。
白色底布后面那些冰冷的眼睛
在灼灼燃烧和闪耀。
墓地的道道鬼影
遮住了吻的美好之盐。
只有午夜的涓涓细流
拍打着一道道台阶。
一个幻象融化了。
人们在吟诵一句简单的:
"奉至仁至慈的真主之名。"
然后将自己的颅骨丢进大海,
并在大海的交谈中遁形。
这夜色。那么惬意。
白雪处处,怡然自得。

像是雅罗斯拉芙娜[1]注视着

一个湛蓝的贝琴涅格人。

—— 1915

---

1. 史诗《伊戈尔远征记》中的女主人公,伊戈尔大公的妻子,也是真实历史人物。

夜幕下的庄园,似成吉思汗

夜幕下的庄园,似成吉思汗!

喧哗吧,蓝色的白桦林。

夜的紫光,似查拉图斯特拉[1]!

而蓝色的天空,似莫扎特!

云的半明半暗,似戈雅!

你呀,夜间的云,似罗普斯[2]!

微笑的龙卷风以吼叫之利爪

哈哈大笑着飞掠而过,

这时我看见一个刽子手,

我壮起胆来环顾寂静的夜色。

我将你们这些孔武的勇敢者召回,

我让那些溺亡的女子起死回生。

"他们的勿忘我比喊声响亮,"——

我对夜里的帆影说道。

地轴又泼出了一个昼夜,

黄昏的人群正在走来。

---

1. 查拉图斯特拉(公元前 628—551),又译琐罗亚斯德,波斯拜火教创始人。
2. 罗普斯(1833—1898),比利时画家,其风格将自然主义、色情因素与象征主义熔于一炉。

我梦见一位鲑鱼姑娘，

在夜间瀑布的波涛里。

让风暴下的松林似马麦[1]的兵马吧，

让乌云移动起来似拔都[2]的大军吧，

那些词，沉默的该隐们[3]，正大步走来，

而这些，神圣之词，则纷纷倒下。

湛蓝的哈斯德鲁巴[4]率领卫队

步履沉重地走向石头舞会。

—— *1915*

---

1. 马麦（？—1328），青帐汗国及金帐汗国的军事强人，传说为成吉思汗后裔。1380年率军在顿河流域的库里科沃原野与德米特里所率军队展开决战，结果大败。
2. 拔都（1209—1256），成吉思汗之孙，曾率军西征，横扫包括俄罗斯在内的东欧。
3. "那些词语，沉默的该隐们"，指新词。
4. 哈斯德鲁巴（卒于公元前207年），迦太基统帅，汉尼拔之弟。在第二次布匿战争中发挥过重要作用。

一束黄色的毛茛

一束黄色的毛茛。

闪电张开歹毒的瞳孔。

一个女人丢掉苍白的花朵。

接着窗口的眼睛纵身跳到

高亢的轭下,发出叮当的响声。

潮湿的书籍字迹发黄。

乌云颜色变深,变得更加青幽。

两座城堡跌倒在听觉领域。

一个强壮的雌性动物撒腿逃走。

大雷雨啊,这是你。

花儿们纷纷垂下了头。

—— 1915

岁月、人和各族

岁月、人和各族
一去不复回,
有如流水。
在大自然柔韧的镜子中
星空是网,我们是鱼,
而诸神则是暗处的幽灵。

—— *1915*

黑国王在众人面前跳舞

黑国王在众人面前跳舞,
祭司们为他敲锣。
黑妻子们笑得更加大胆,
唇环[1]加重了嘴唇的负担!
捧着一把浮夸的小茶炊
并生着一对小翅膀的孩子——
他,啊太阳长老,干亲家,
儿戏一般生下我们。
那光明刚刚七次,七次
从太阳飞抵地球,
黑暗便冷却变成眼睛,
眼睛诵读安魂弥撒。
黑国王在众人面前跳舞,
祭司们为他敲锣。

—— 1915

---

1. 非洲某些部落妇女唇上的装饰,一般用骨头做成。

不论是弱不禁风的日本歌伎

不论是弱不禁风的日本歌伎，
还是嗓音甜美的印度女郎，
谁的声音也不能比
最后晚餐上的话语更凄凉。
面对死亡生命再次闪光，
然而随即重又消亡。
而成功与死亡之舞
就建立在这个法则之上。

—— *1915*

坟岗

鞑靼人的箭头无论射中什么,
全都会无力地应声倒下。
西伯利亚的骑兵,将和平妇女衣服剥光,
然后向着西伯利亚,策马进发。

瞭望台上的士兵,临死之际,
握着一个犹太人[1]的铁面。
四周是大地、黄鼠的吱吱声、洞穴和——
瞭望台上流逝得更快的白天。

狐狸一家抬起一群小脸蛋,
茨冈人偷来的一匹马在狂奔,
一个严肃的查波罗什人躺在
瞭望台下,已有数百年光景。

—— *1915*

---

1. 指耶稣基督。

野兽＋数字

当一闪而逝的蓝蜻蜓
在各村庄的炊烟中忽隐忽现，
它[1]从旁边经过，如新的臆想，
将智慧抛到数的岸上。

一个祭司喊道："啊，孩子们，孩子们！"——
以此回应雅典使者的发言。
智慧、世界，仿佛披风
统统搭在了严格的数的肩上。

假如一个凡人在额头紧蹙，
面对酒一样泛起泡沫的方程式，
那么请了解：他要做的，就是
成为一株堪与天齐的植物。

刑讯室滚开！别眯缝着眼睛
端详那些数的破铜烂铁。

---

1. 指第一次世界大战。原文大写。

要知道,风暴已经在颤抖,
一半程度上说,是被数逮住了。

我要蘸着墨水写下:相信吧!
让所有人变得崇高的那一天近了!
一头野兽将无声无息地到来,
带着一对温柔的白色数字!

然而,一听到这些
嘴巴和这些时光的嘈杂,
他就倒了下去,仿佛被击垮,
倒在岩石中间的峭崖上。

—— 1915

特里兹纳[1]

一排尸体全身赤裸,
死亡的唱祷已经告毕。
部队肃立,目光低垂,
飞行器的影子埋进土里。
当一片茂密的树林
在无声的村子尽头卧倒,
我们说:"荣耀归于天国!"
并将焚烧自己人的遗体。
我们究竟是人还是宿命之矛,
尽皆掌握在同一只手中?
不,我们一无所知;没上过
这门课,而远处就是战壕。
生者为死者收尸,死者们
褐色的卷发纠缠在一起。
我们把遗体垒到木堆上,
按罗斯的方式祭奠亡魂。
一柱黑烟升向天空,

---

1. 古代斯拉夫的一种火葬仪式。

一柱黑色的、强健的浓烟。
我们肃立着,举行祭礼,
恪守着简单的安葬仪式。
在山脚下,在百湖之滨,
有许多生龙活虎的人阵亡。
我们将罗斯人的遗体
抬到冷酷的橡木火堆上,
于是顿河和额尔齐斯河
因这些严肃的遗体而升高。
一团青烟缓缓飞去。
我们伫立着,保持着肃静。
当连绵不断的世纪丛林
照亮了那一团青烟,——
我们鸣枪致哀,然后立即
向右转,开赴前线。

—— *1915*

回忆

步兵的荣耀当之无愧，
他们终结了战斗的惶恐。
但世上有新词语的艺术家，
且常能跟得上他们的步伐。
你们记得，我们攻打过
普希金版本之美的佩列梅什尔要塞[1]。
你们不可能没听过
你们的高地遭遇的围攻。
一阵抽搐——是库斯马内克[2]开火了
还是老要塞垂垂老矣？
一位朝圣者温柔的吻
使得整个当代变成了尼亚加拉。
须知，唯有对尼亚加拉
有朝一日我才会大喊一声："同志！"
（箭毒木体内的自我否定，
亲切地朝大地弯下身来。）

---

1. 在奥地利，1915年3月9日被俄军攻克。
2. 驻防佩列梅什尔要塞的奥军司令。

而你们，耄耋中的耄耋，
比绝种的愚鸠还要老，
去吧！你们不可能
在箭毒木上筑起雀巢。
颤颤巍巍的小兔子们啊，
为夹肢窝的鼓掌
张开枯萎的嘴巴，
你们如此之多，跳进我的篱笆。
在我笔下，古老睿智的尼罗河
在密西西比河畔得到加冕。
我以爱赫纳腾[1]法老的方式
为尼罗河激越的波涛娶亲。

—— 1915

---

1. 古埃及法老，在世时曾向太阳神祈祷："没谁比我爱赫纳腾更了解你！"以爱赫纳腾的方式，即像他那样经受磨难和寻神。

苏埃

苏阿在天上升起。

苏埃[1]面带微笑,自东方而来。

酋长们面如土色,摇摇欲坠,

面对突袭不知所措。

苏埃请来韦斯普奇[2]公爵,

他的火枪射出骇人的弹雨。

奇普恰斯人[3]摇晃着倒下,

苏埃欢呼血腥的胜利。

脸色苍白的蒙特苏马[4]走了过来,

说:"啊,诸神!山谷也归你们了。"

他不敢对他们说:"啊,兄弟们!"

为之奈何?他已经穿上铁衣——

是苏埃给这位首领套上的。

---

1. 苏阿(Cya)、苏埃(Cyэ):在中美洲印第安部落奇布恰人的神话中,Cya 是太阳之意,苏埃则是太阳子孙。奇布恰人创造过与玛雅、阿斯特克和印加齐名的文明。据有关记载,印第安人中间流传着一种说法,当西班牙人第一次出现在他们面前时,他们误以为这些陌生的入侵者就是太阳子孙。
2. 韦斯普奇·亚美利哥(1451—1512),意大利航海家,参加过多次西班牙人和葡萄牙人在美洲的探险。美洲(亚美利加)即以他的名字命名。
3. 居住在今哥伦比亚和巴拿马地区的印第安部落奇布恰人的旧称。
4. 美洲阿斯特克人首领,曾被西班牙征服者柯尔特斯俘虏。关于他的死,有说他是因为主张归顺西班牙征服者而被同族人杀死的,也有说他是被西班牙人折磨致死的。

他勉强抑制住高傲的神情。
他很快肤色变得又深又暗,
他很快变得像灰一样乌黑。
他在煤炭的花丛上躺了三天,
整整三天他滴水未沾。
第三天他被担架抬走。
他们的到来,原来是夺命的死神。

—— 1915

湖中的死亡

"跟着我,上膛!"
灰色的人们
沿着河床行走,
不害怕受凉。
是谁用乳汁养大这头灰色猛犸?
远方的白柳树干哗哗作响。
这是死神和侍卫在出巡,
他们身后波涛汹涌。
河堤没有设围栏,
钥匙沉闷地尖叫一声。
瘟神战车率领持剑大军,
气势汹汹,猛扑过来。
走在河道里的一个人,
陷入沼泽地泥潭,正慢慢下沉,
死神对他耳语:"乖乖听话,
拿枪站在这儿,等待一个人。"
他习惯了冰凉的衣服,
对死神也不抱任何幻想,
你听:死亡驾着冷马的三套车,

一声吆喝,令人不寒而栗。
它用皮带抽打着,催赶着,
怒气冲冲地扑向一群山羊,
像对岸的骑兵一样淹没那些
在维斯瓦河畔歌唱顿河的人。
铁水顺着丝线流过他们的身体。
枪还在手上,大炮就在附近。
灰色的蜗牛、多彩的鱼和美丽的
小贝壳,似云团掠过张张面孔。
大麻鳽们长时间地厉声啸叫,
田鸡们唱起了莫扎特,
死者不知此地是干是湿,
悄声说:"就想睡觉!就想蹬蹬脚!"
可当异族人关闭了闸门,
他们中没有一个人肯吭一声。
一见到可怕的俄罗斯军团,
德国佬吓得魂飞魄散,面目扭曲。
柳枝上,一只深沉的雕鸮
哈哈大笑,它使足力气,
想要抓住一捆弯弯曲曲的树杈,
却给整个场面平添了几分恐怖。

—— 1915

帆船驶向奴隶之城

帆船驶向奴隶之城。
会像海鸥一样欺骗自由逃民。
向何处用力——这是秘密,
是船的金色钻天杨。
到处是长矛和利剑,
湿漉漉的游蛇[1]之鞭。
铜锚永远不会厌倦
捶打涂了松油的船尾。
船头是黑洞洞的炮口,
小伙子们带着羔皮帽。
有什么心事,朋友们,
或许是小船肋骨无力?
你看,本人亲自登上舰桥,
为了阅读星空的命令。
此时此刻晚霞就要在松脂上,
在连着根的树干上燃烧殆尽。
舵手啊,舵手,你看,

---

1. 喻指缆绳。

帆在空中猎猎，会否徒劳无功？
让我们驾着平底木船继续疾驰！
疾驰，疾驰，我们哥萨克人。
或许船桨嫌大海太窄？
继续行驶吧，平底货船！
我们的帆是进口的亚麻布，
我们的桨是上等的枫木。
商船上运的货物是
令人不醉不休的家酿啤酒；
一个个容颜姣好的女奴
把酒倒进自由的罐子。
起初，是亚麻地一片湛蓝，
收割亚麻的是普斯科夫女郎，
而今，湛蓝的海水
威猛强健，仿佛是一张
能自动变出餐食的魔法桌布。

—— 1915

眼睛又忽闪了一下

眼睛又忽闪了一下
它那颗硕大的珍珠,
并单纯而严厉地望了望
我们时常会遮掩的东西。
一双美丽的珍珠眼,
清晨,从中可以听到
军队里才有的"大人!"
圣像往往镶在银的画框里,
不相信它们——不可思议。
执拗的眼睛里有闪亮的剪边
和银光闪闪的天空的墨水。
眼睛会说话:"去做梦吧,诗人!"——
除了我,还有谁能听懂?
您,一个有魅力的女人,细心听着,
闪动着冰一样清澈的双眸。
好像马麦的阴霾里出了太阳,
你登临"永不"词语的旧草原。
您的出场浇灭了人群的大火。
忠诚于您的我在那里,在附近

将歌唱那令人欣赏的任性——
为冰冷的石头低洼地穿上衣服。
莫非,走在一条缬草铺成的小路上,
您也会问:"他们去往何处?"

—— 1915

二十世纪之神

好似字母 A,
好似钟楼的回答——现在几点?
塔尖,被一根铁线
穿越了一百次,
如灰蒙蒙的烟霾,在空中
愈加显眼。铁的牧羊人,他在放牧什么?
读罢那一行行铁的笔记,
小松鼠们在神圣的秋天,
成群结队地穿越整个国家,
流淌出喁喁声、喧哗声和抱怨声。
丢掉树枝时,你们在生产敲击声!
落在红莓苔子地毯上的树枝,
跟你一模一样,合上眼睑,
向另一个世纪的神祈祷。
网状的乌云从另一世纪的巉岩
落到了一片片的森林上,
暴风雨的一个个云团
在你之中飞旋,啊,铜的钓线。
巉岩上那一个个岩石的额头,

像河水一样翻卷着坠落,
一间北方农舍的窗户啊——
俊美的大火映照着你们。
一个工人用两根梁柱做成的大火
将大雷雨的爱克斯纳入括号,
并在圣洁的炉火中焚烧
沼泽、湖泊、驼鹿之国的一切习惯。
喝了沼泽的家酿啤酒而不醉,
与世纪酒鬼们的友情格格不入,
这里诞生了一个自命的工厂之神,
身手敏捷,活蹦乱跳。
夜里,你在固定时间
将闪电挥洒到一座座城市身上,
一群群高大的烟囱
在背后向你祷告。
但暴风雨的利箭或多或少
会成为一个疯狂的墓地看守人,
而墓地看守人一样的沙子
不可能将你掩埋——没有办法。
你这铁翅膀的三角形啊,
山谷的爬虫被你啄得遍体鳞伤,
年长的理智,犹如囚徒,

举步去完成自己的仪式。
可他真是愚蠢。他想要
像掷骰子一样,在闪电中间
度过一天。然后,鬼魂一样
完好无损地回到朋友们身边。
他身上系着猎人的皮带,
穿着兔皮的大衣,
他火枪上的燧石枪机准确可靠,
滑雪更是他的拿手好戏。
突然传来一声微弱的喊叫。
惶恐的伙伴们已在下面聚集。
他的披风烧成了灰;
他浑身冒烟,像是着过火。
众人无能为力。铁塔
坚硬的面孔向他们吐烟。
尸体的未婚妻眉头紧锁,
然后,眼睛还……还……
作为一个教训,
他在高天之上悬挂三天。
何处啊,何处能找到一个胆大者,
把他的疯狂拉回地面?

—— 1915

泡沫的牧神

我坐在湖畔的树墩上,
面对湖水,
我想到了魔鬼,想到了自己。
泡沫的牧神与我交谈,
并抛出一颗湖眼的珍珠,
轻盈的,强有力的,
在柳树中间,
很大,跟你们一样。
众多湖水的待嫁寡妇
像牛虻一样纠缠我的头脑,
我嫌弃她们,溅起她们。
谁在呼叫我的名字——
这是空气在悄声喊我。
穿越空气——这邀请不错。
我把湖水打成碎片。
然后仔细询问:"这是多少?"
世界笑容可掬,
但这样的情况毕竟难得。
一群毛腿沙鸡呼啸而过,

令我想起许多尝试——
在已经消逝的流水中间
驱赶正在消逝的奇数。

—— *1915*

捕鼠器里的战争

1. 你们可记得

你们可记得？我命令鞋刷撤销
鞋底上的小熊星座[1],
我丢给宇宙十戈比银币然后
惶恐地用旧词做成一份杂拌儿。
在那里,诸世纪的骑兵翻耕了
白色黎明杂草丛生的荒地。
我命令一只乌鸦成为一只翅膀,
并干巴巴地对天空说:"劳驾,去死吧!"
当我后来急于求成,
我,为了能更多和更持续地大笑,
我像摧毁一盒火柴一样摧毁了整个人类种族,
并开始读诗。
一个疯子用爪子
巧妙地抓住了地球。
"跟我来!

---

1. 当年的鞋油罐上印有胸像。

没什么可怕的！"

2. 当地球烧焦了，更加

当地球烧焦了，更加
声色俱厉地问："我究竟是谁？"——
我们将创造《伊戈尔远征记》
或是诸如此类的东西。
这不是人，不是诸神，不是生命，
须知灵魂的幽暗就在三角形里[1]！
这是昏暗的追荐亡魂仪式上
人们头顶的毕达哥拉斯定理[2]。
铸铁少女[3]在疲惫而又顽固地
编织一只长袜。宽大的铸铁
就要起飞，面无表情的射手
将要凋零，尽管他年轻英俊。
怎样的人们，怎样的花色
在传闻的纸牌中，听信流言！

---

1. 立体派肖像画中的几何图形。
2. 毕达哥拉斯认为数是宇宙的基础，万物皆数，万物之间皆存在数字关系，此乃规律，决定世界结构的普遍秩序。赫列勃尼科夫对数字、对人类历史和宇宙进程的数字规律非常痴迷，并在作品中一再表达。
3. 喻指战争。

牙医的器具和臼齿葬身海底，
与"布威号[1]"的炮塔一起！
一个泡沫的老者，目光浑浊，
从一个啤酒杯中爬出来，
从一堆白色泡沫中爬上来，
用命运和耻辱发出威胁。

3. 马里亚文的漂亮面孔

马里亚文[2]的漂亮面孔，戴着科罗温[3]的花环，
抓住了一只天鸟。一阵手忙脚乱。
那架天车简直令她们倒牙。
她们不喜欢那个喂得肥胖的德国佬。
有些人竟然还活在世上，
有只老鼠竟然像模像样地读起书来，
卡尔卡河的懒乌鸦竟然去找爱伦坡[4]的乌鸦，
且这种事司空见惯，平淡无奇！

---

1. 法国战列舰，一战期间被击沉。
2. 菲利普·安德列耶维奇·马里亚文（1869—1940），画家。
3. 康斯坦丁·阿列克谢耶维奇·科罗温（1861—1939），画家。
4. 爱伦坡（1809—1849），美国作家，名诗《乌鸦》的作者。

4. 1916 年 4 月 8 日的坏消息

说什么呢！我也是，荣幸之至，

我，为世人竟至如此而感到耻辱，

我，由俄罗斯最美的曙光养育，

我，周遭萦绕着最为动听的鸟鸣，

你们这些天鹅、画眉和仙鹤就是见证！——

我在梦中召回自己的时光，

我也要拿起枪（它又大又笨，比笔迹还沉重），

阔步走在大路上，

心脏一天收缩 365×317 次[1]，不多不少，

我还要用头盖骨泼水，

忘却那个摆脱了长辈的愚蠢

且只属于二十二岁一辈的可爱国家，

忘却父辈的家庭观念（长辈的共同缺陷）。

我，写出了那么多的诗篇，

足够修一座桥，直通银色的月球。

不，不！我跟天眼姐妹[2]一样

拥有女巫的天赋，

我用这种天赋为人类指点迷津，

---

1. 赫列勃尼科夫认为这是一个人一天心脏收缩的标准次数，比通行标准略高。
2. 可能是指阿赫玛托娃。

他们尚未愚蠢地输掉希腊先知的梦想。

尽管我们会飞。

让我恼火的是,竟找不到合适词语

来讴歌

我的心上人,哪怕她背叛了我。

如今我被恶毒的长者囚禁。

虽然我不过是一只胆小腼腆的兔子,

而并非时间国[1]的国王,

就像人们称呼我的那样:

我的步幅不大,只打了一个"嗝",

字母"O"——这枚金戒指

便已脱落,在地上打滚[2]。

5. 您神色严肃,您热情洋溢

您神色严肃,您热情洋溢,

我是多瑙河,您是维也纳。

您有所不知,有所保留,

您在等待一些模糊的征兆。

---

1. 赫列勃尼科夫的理想国。
2. 诗人此处玩了一个文字游戏:俄语的"国王"(король)去掉第一个字母"O",再在词尾加上一个"打嗝"(ик),便成为一个新词"兔子"(кролик)。

远方的白杨摇晃着树影，
而田野只是一个沉默的忠告。

6. 泡沫的小姐，牧神的泡沫

泡沫的小姐，牧神的泡沫，
你们是什么，白杨还是梦幻？
抑或只是"他"，一个宿命的词语，
在撞击一堵堵墙壁？
或者是一只鸽子，
在白衬衫里使劲扑棱，
自从那片灰帆的阴郁幽灵
像圆点一样消失在海面？
这是灰色海鸥的飞翔！
这是大叫一声的绒鸭！
他充满了力量和勇气，
他会通过腰包闯进门来！

7. 饿狼在那里血淋淋地嚎叫

饿狼在那里血淋淋地嚎叫：
"嘿，年轻人的肉可真够美味！"

母亲说:"我再没有儿子了。"——
我们这些老人,清楚我们的作为。
莫非年轻人真的变得廉价了?
还不如一块地、一桶水和一车煤?
你啊,挥镰割草的白衣女人,
黝黑、健壮,干起活来厚颜无耻。
"年轻人死了!年轻人死了!"——
城市的呻吟在各个广场上漫溢。
喜鹊和百舌不正是这样传播消息?——
该把它们的羽毛缝在帽子上。
《最后的驯鹿之歌》那本小册子的作者,
他双腿被层层捆绑
与一张银色的兔皮一起倒挂在
摆着酸奶油、牛肉和鸡蛋的地方。
布良斯克汽车跌了,曼塔舍夫石油涨了,
再没有年轻人了,再没有晚餐时的谈话
和我们的黑眼睛国王。
要知道,我们爱戴他啊,我们需要他。

8. 号角没有发出毁灭的警报

号角没有发出毁灭的警报:

"亲爱的同志们,亲爱的离队了。"
唉,并非我不听你们的指挥——
方程式残酷的图案在歌唱。
各族人民像波兰一样,
顺从地向我的居处涌来,
要知道我喜欢乌鸦翅膀上
那双俊美的救世主的眼睛!
跟随他,跟随他!去他缄默的所在!
去那片绿草地,渡过涅曼河[1]!
渡过铅青色的和灰色的涅曼河!
渡过涅曼河,渡过涅曼河,有信仰者!

9. 我的臂肘无意中碰到了

我的臂肘无意中碰到了
一束发辫[2],黄昏乌鸦的姊妹,
而一座大桥则用指甲
划伤了一名奔跑的步兵。
凶手们躺着,如椴木的铺板,

---

1. 涅曼河,在俄罗斯和东普鲁士之间的一条河。1914年8月,亚·瓦·萨姆索诺夫将军指挥的军队在此遭遇惨败。
2. 俄语的"发辫"(коса)也有"镰刀"之意,民间文学和诗歌中死神常以持镰的骷髅形象出之,因此,此处的"发辫"似一语双关。

在波涛之下泣不成声。

死神用梳子为自己梳头,

梳理那头强健的毛发,

一群无用生命的小蚊子

徒劳地企图将她蜇伤。

10. 少男少女们,回忆一下吧

少男少女们,回忆一下吧,

今天我们见到了何人何事,

何人的眼睛和嘴唇已面目全非,——

而你们昨天和前天还满心欢喜。

你们大难临头了,目光短浅的居民,

和平与瘟疫的深穴居民,

像是用托盘,你们用肮脏的疾病

端出了堆积如山的男人。

一旦他站起来,

爱司[1]会给他拿来一副头骨,

和平的和永久的,先于生命!

看啊,死亡正前往统计

---

1. 俄语字母 С 的名称,俄语死亡(смерть)和睡梦(сон)两个单词均以字母 С 打头。

蛆虫们对食物的满意度。

要明白，人啊，世上有羞耻二字，

砍光西伯利亚森林给你们做拐杖，也不够用，

还是从斐济[1]岛另请高明吧，

不惜花费数年功夫

向那些黝黑和阴郁的老师学习

如何用人手做一道美食。

啊不，朋友们！

让我们庄严地走向

一身长毛杀人如麻的战争巨人。

让我们一如既往，勇敢地呐喊：

"无耻的猛犸，等着长矛穿心！

竟然把男人当猎物，活剥生吞。"

你们还没有登上我的大陆！

纵使这绝对新鲜闻所未闻，——

和平葬礼的五套车悄然无声。

迈起铿锵脚步吧，保护好那个深深的秘密，

就像用护罩护住乌黑的耳朵。

我相信，我相信，终有一天

佛祖或安拉会大吼一声："够了！"

---

1. 在赫列勃尼科夫笔下，"斐济"是"食人"之意。

11. 白色的道路

一条条白色的道路，白色的道路。

黑色的着装和细瘦的腿。

但愿我的头脑好使，比火绳枪更管用。

我瞄准一头毛茸茸的驯鹿。

我身后是亚美利哥、柯尔特斯[1]、哥伦布们！

棋子在移动，我看到：他在将军。

12. 闪光的雨水从船桨上滴落

闪光的雨水从船桨上滴落，

自诩为蓝色的游泳健将[2]。

你被戴上无形的冠冕，啊首领！

我们看见了，我们相信，

我们预感到了，我们期待。

他在何处？我们想念着他！

仿佛涓涓细流，无数火焰，

燃着无形的蓝色火苗，

从船桨上流淌下来。

---

1. 埃尔南·柯尔特斯（1485—1547），西班牙征服者，征服墨西哥。
2. 此句版本有出入，另一版本为：用蓝色颂赞游泳健将们。

可他傲然屹立，从容掌舵，

从不夸耀自己的短柄链锤。

海上的什么令他心生欢喜？

有什么东西对他念念不忘？

他是怎样一个人？淡褐的头发，好似

朝霞，好似成熟的麦穗，

而双眼则是大海，里面有海象出没。

烈焰如同蓝色的珍珠，

如同花环再一次点燃。

而失去了诸多名号的他，

孤零零地站着，沉默不语。

风，刮得越来越猛烈，

那是大海严肃而又狂暴的语言！

可那个以风暴为神座的人

耳语的究竟是怎样一个名字？

当这湛蓝的庞然大物

遮蔽了星座结成的链环，

他丢下一声召唤："确实需要，

领航吧，蓝羊毛[1]！"

---

1. "蓝羊毛"：应是从象征派笔下取材希腊神话的"金羊毛"和德国浪漫派作家诺瓦利斯小说中的"蓝花"形象演变而来。

13. 人们在洗衣间匆忙地洗涤灵魂

人们在洗衣间匆忙地洗涤灵魂，
匆忙地重新涂抹良知的嘴脸，
为了让某个人一脸傲慢和张狂地
在耳边吠叫："你呀，微不足道！"
很多人，戴上高高的硬领，
接下来该怎样竟浑然不知：
踮起脚跟，挂在树枝上，
或者写上一个应许的名字。

14. 你对一只猫崽耳语

你对一只猫崽耳语："别咬人。"
我死时，会给你一对翅膀。
葛饰北斋会画出你的嘴唇，
而眉毛，就像穆里略的少女。

15. 脚步的马群，大象的铸铁

脚步的马群，大象的铸铁！
让我们在梦中为老虎戴上花冠，

让我们一起奔驰。自己和自己,

我们很多——长鼻子的身体。

十——什么都不是。我们很多——个位数的朋友。

我们强迫斑鸠运送炮弹。

我们以世界第一公民——狼的动作

抢劫恰尔托姆雷克盘[1]上的马匹,

我们比狼,俄罗斯大地头号作家更有学问,

我们要讴歌死板的刻刀和死板的格斗。

我们要扭断语言的脖子,就像扭断鹅的脖子。

我们烦透了它们的"嘎—嘎—嘎!"

我们要给宇宙戴上嘴套,

以免它咬伤我们年轻人,

我们还要握着鞭子,走在细瘦的白灵猩旁边,

身形细瘦的我们要把手上的血——

这只手被宇宙的巨齿扎破了,

被宇宙的丑脸划伤——涂在毛茛上。

我们要用普希金的偶像尸体

制造出足够多的梦想大炮。

未卜先知的青年要远离愚蠢的老朽,

并建立起一个同龄公民的

---

1. 19世纪60年代西徐亚恰尔托姆雷克王族墓地考古发掘出的古董之一,盘子上有马的形象。

世界性国家。

16. 披着飞鱼之网

披着飞鱼之网,
冷峻的鱼神蹙起额头。
某种共有的噪音和咝咝声,
似红色射击脱膛而出。
一团火焰的红帆后面
黑色的人影手忙脚乱。
打劫的骇浪如墓地的幽灵
在行刑时发出死亡预言。
一个不怀好意的人,眼睛墨黑,
挺起死亡篱笆般的肋骨,倒下了。
倒下了,犹如塔楼和火炮条令。
看,甲板在浪尖上耸起,
已经没有人能将它控制。
美人鱼们,快备好棺材!
为死者戴上水藻的头盔!
洗掉他们身上悲伤的泥土。
用亲吻覆盖这蜡黄的白骨。
而在多云的天上,

人类的机翼

像切面包一样切割着一团团白烟。

人们啊，你们在哪里？你们

尚未走出祖先的白色坟墓，

但见死亡，颤抖着，在车辕上

气喘吁吁，耗尽全部力气。

她疲惫不堪。可怜可怜她吧，

可怜可怜她"咯咯哒"的啼叫！

她每走一步都那么艰难，

双脚在颅骨堆中深陷。

有个人，他不愿意

让铁轮圈碾过燕子的眼睛，

野兽的长鼻在他头顶晃了一下，

以烦闷之力给你们猝然一击。

他举起笨重的木墩子，

砸向变得愚不可及的野兽，

于是各种色彩用红色的自由

斟满酒碗，任凭多么苦涩。

17. 自由来了，赤身裸体

自由来了，赤身裸体，

把鲜花抛向每个人的心,
我们同她一起向前阔步,
跟青天交谈,以"你"相称。
我们,士兵们,用手
整齐地敲击着威武的盾:
永远,永远,这里,那里,
人民将成为国家的主人!
让少女们在窗前歌唱吧,
唱罢古代的出征,
再唱当家作主的人民
对太阳忠心耿耿。

18. 这个秋天如此胆小如兔

这个秋天如此胆小如兔,
以致眼睛无法清楚划出一条界线
在胆怯的秋天与惊恐的兔子之间。
黄色秋天的生活帐篷
那黄色的油彩诡计多端。
从茂密的山岗到沼泽地的填土,
到处是死掉的树叶和茎秆。
目光漫无目标,全然不知那张皮

属于谁——兔子还是秋天。

19. 昨天我呼唤鸽子:"咕咕,咕咕!"

昨天我呼唤鸽子:"咕咕,咕咕!"
战争纷纷飞来,啄走了
我掌中的谷粒。
恶魔降临在我头顶,
全身裹着送殡的羽毛,
大腿上挂着捕鼠器,
嘴上叼着命运的老鼠。
一把弯弯曲曲的手杖,
一双凶恶的蓝色眼睛。
一把白如天鹅的骨头
在一个篮子里双目圆睁。
我说:"灾难啊!捕鼠者!
你为何用嘴巴叼着命运?"
可他回答:"作为捕命者,我
也是自由数字废金属的持有人。"
失去皮肉空余骨架的马瓦[1]们

---

1. 即马夫卡,见前注。

此时是一身战斗的装束,
她们以妻子的名义列队走过,
眼皮上有骑兵跳舞。
转着圈的舞蹈,奇特而又絮叨,
他们高喊:"维列斯,维列斯[1]!"
他们把烟蒂贴到太阳身上,
然后幽灵一般向夕阳飞去。
而我则咬紧嚼环,
为一件红衬衫而沾沾自喜,——
战争在一件衬衫中生产。
我死灭的目光成为一个黑色圆点。

20. 要真正了解这湛蓝的敌意

要真正了解这湛蓝的敌意
和这熟悉的蓝色轻烟
我要等上多少个世纪?
如今我将自己锁上。
啊诸神!你们丢下我,
已经不再振动背上的翅膀,

---

1. 维列斯,斯拉夫神话中的畜神。

也不转头瞥一眼我的笔迹。
我们深陷泥潭,却用一张网
拖拽着盲目的人类。
我们曾经,我们曾经都是孩童,
如今都成了会飞的祭司。

21. 一棵棵银色的幼芽变成孤儿

一棵棵银色的幼芽变成孤儿,
在一个不知所措的少女手中,
她无人可以鞭打,也无理由!
战争之笔写下的一个个句号
和一片片大墓地,仿佛都城,
不同的人们不同的性格。
在那里,一片共同的土地
用死去青年人做成的床单裹脚,
我用心灵的贝壳孕育珍珠,
用扎列卡[1]邪恶的呼哨激怒你们。
链子后面一扇老旧的院门
和一个乞丐、一根弯曲的木棍。

---

1. 东斯拉夫地区的一种民间乐器。

袒胸露背的各国（破衣烂衫）

熠熠生辉，啊聪明绝顶的女巫！

22. 战士啊！你从天空那里

战士啊！你从天空那里

夺过球杆并抛出一个地球。

一个新的扬·索别斯基

下令："开火！"——

那个接受命令的人

刚在灰色头盔上写下

明可夫斯基[1]的方程式，

便在漆黑的天空一闪而过，

如马雅可夫斯基的诗歌召唤。

23. 你就是那个人——他的理智

你就是那个人——他的理智

如灰白的瀑布飞流而下，

落在远古牧人的日常生活之上，

---

1. 赫尔曼·明可夫斯基（1864—1909），德国数学家和物理学家，创立数字几何学。

一个带着嫉妒的镣铐

被施了魔法的两栖动物

聆听着他对数的见解

并顺从地奔跑跳跃;

被俘的蛇舞蹈着,抽搐着,

盘成一个个圆,咝咝作响,

促使他越来越透彻地

理解恒星歌吟般的蔷薇;

他用一个钻孔器从容地

钻开一个父亲所生的颅骨,

并将银河一根挂着露水的枝条

傲慢地塞进那个洞孔,

以便穿着考究地去做客,

在他杯子一样的颅骨中

有黑暗天空挂着露水的枝条,——

群星携着充满灵感的贡赋

献给守望午夜森林的他。

24. 我,右手的小指上

我,右手的小指上
戴着整个地球——

我魔力空前的宝戒,——

我对你说:就是你!

你在黑暗中光芒四射。

我一声又一声地呼喊,

在我渐渐凝固的叫声上

一只神圣和野性的乌鸦

将筑起巢穴,繁衍后代,

而在我伸向星空的手臂上

将有诸世纪的蜗牛爬行!

被雷电击伤的蜻蜓有福了,

当它藏到了树叶的背面。

地球有福了,当它

在我的小手指上光芒四射!

25. 我会忘记列别吉亚国度

我会忘记列别吉亚[1]国度

和颤抖的莫列芙娜[2]们的腿。

---

1. 列别吉亚,顿河和第聂伯河下游地区的统称,赫列勃尼科夫将其范围扩大到顿河和伏尔加河流域。
2. 指玛利亚·莫列芙娜,俄罗斯民间故事中的女主人公,以机智勇敢、能力过人著称。其身份有多种版本,最为常见的是公主。莫列芙娜(父称)字面意思是"海王之女"。

关于马国[1]，要知道我来自那里，

我会将声音托付给我的芦笛。

在那里，有匹高贵的黑马，

一边咀嚼嚼环，一边用脚叩击地面，

以此推断：那个专以屠戮青年为乐的

冥顽不化的刽子手，将变得活跃。

在那里，生着兽眼的马带着雪白的波浪

像法官一样站在断头台旁，

大发横财者对利润的算计

牵拉着载重大车的车辕。

在那里，高贵的鬃毛持有者

将自己的蹄子

托付给一张冻得逆来顺受的手掌，

而这手掌是谁的——所有人都淡忘了。

在那里，鬃毛是空气，眼睛是歌曲。

日益远离尼亚姆—尼亚姆[2]！

我们会变得更好，更有天国气息，

当我们对马儿们满怀信任。

啊人们！请允许我这样称呼你们！

---

1. 诗人对卡尔梅克草原和大阿斯特拉罕省家乡的称呼。
2. 指食人部落。

焚烧我吧,

然而亲吻马蹄

是那么令人愉快:

它们与我们如此不同,

它们更严肃更聪明,

还有皮肤那雪白的寒意,

还有石头们坚定的步伐。

我们不是奴隶,可你们是地方长官,

可你们是百里挑一的精英!

英俊的哥萨克士兵如马嘶吼,

在我们身上考验一个词:"行动!"

马的法官种族在人们头上

用新的闪电缠绕地球。

战争正在涉过血腥的浅滩,

让我们高喊:"这世界不属于它!"

黑皮肤的、白皮肤的、黄皮肤的

都忘记了吼叫和语言。

另一个法官——你的脚步,好沉重!

法官的权力并非人的权力。

啊,大公和公爵,马和书——

那些言语的残酷预言。

他们生死与共,他们的枷锁

就像父称，不容易被我们发现。

26. 风——是谁的歌声

风——是谁的歌声，
唱的是什么？
剑，急不可耐，
想要成为一只皮球。
人们抚慰着死亡的白昼，
好似抚慰可爱的花朵。
相信我吧，此时此刻
东方正弹奏伟人们的琴弦。
或许，闪耀的群山的魔法师
会给我们送来新的自豪，
而我，则会像白色的冰川，披上
理智的外衣，成为众人的向导。

—— *1915～1919～1922*

我把双手,也将我的头脑

我把双手,也将我的头脑
重新托付给劳动。
劳动削弱了痛苦的声音,
和夜间没完没了的嚎叫。
命运的轨迹依然成谜,
我日复一日地反复解读。
那令人激动不已的眉毛
闪射出被忘却的忧虑,
那永远不会沮丧的血液
重新发出工作的铿锵。

—— 1916

我的朋友们成群结队地飞

我的朋友们成群结队地飞。
他们七个,他们七个,他们一百个!
然后我们又会发出呻吟。
威严的乌有映照出我们。
穿着羊皮袄的乌云之魂,
我们的影像各不相同。
在精心研究销售的年代,
在整个语言只剩"买""卖"的所在,
如今,他们的梦想之杯已经铸就。
啊,一百个可爱之人的宿命起飞!
而你们,沿着缬草铺成的小路走过,
莫非也要问我们,他们往何处去?

—— 1916

我的面书是被这样解读的

我的面书是被这样解读的:
一张白脸,一张白脸,两只灰眼!
莫斯科的床单,在我身后,
好似灰色的麦鸡,愁眉苦脸。

—— 1916

啊,假如亚细亚能用她的头发

啊,假如亚细亚能用她的头发——
一块金色的干毛巾——擦干我的脸,
当我在冰凉的溪水中沐浴。
如今我,一个质朴的牧羊人,
编一条莱茵河、恒河和黄河的发辫。
一只乳牛角的牧笛躺在近旁——
一截锯下来的牛角和一把中空的手杖。

—— *1916*

百般爱抚的

百般爱抚的

乳房，在草丛里，

您整个乃是燥热的干旱气息。

您站在一棵树下，

而发辫

将残酷抱怨的绦带倒进溜槽，

您就像湛蓝的时钟

被一条黄铜的辫子缠绕。

铜的发辫的涓涓细流裹紧我，灼烧我。

而你的眼睛好似农舍，

两个继母和织女

紧握着纺锤。

我以满杯将您一饮而尽，

当您好像湛蓝的时钟

眺望着钢铁般的远方。

松树们敲击着它们

淙淙作响的针叶的盾牌，

让老妇人们眯缝起眼睛。

直到如今,
那铜一样的发辫仍在裹紧我,灼烧我。

—— 1916

河水奔腾,宛如少女的头发

河水奔腾,宛如少女的头发,
橡树俯身,仿佛无用的弓弦,
就在这里,在察里津,
在第九十三步兵团,
为一场不为人知的战斗,为一种不为人知的命运,
我阵亡了,一如正在死去的孩子们。

—— *1916*

艺术家塔特林

艺术家塔特林[1],
螺旋桨秘密的洞悉者,
螺丝钉的严肃歌者,
太阳捕手中的一员。
他用一只无生命的手,
用一块马蹄铁,扎起
蜘蛛网般凌乱的索具。
一把探寻秘密的夹钳。
哑然无语的盲人们
注视着他所展示的物件。
这些物件闻所未闻,
这是画笔绘出的金属杰作。

—— 1916

---

1. 弗拉基米尔·叶夫格拉福维奇·塔特林(1885—1953),俄苏画家,设计师,剧院美工。

人们将眼睑微微闭合

人们将眼睑微微闭合,

或许,他们是在互相亲吻,

也可能是在互相啮咬。

战争之书在那人的瞳孔后面燃烧,

他站在一口大炮旁边,持枪,但赤脚。

后人啊!从晚年的科斯托马罗夫[1]

一路漂泊到晚年的波果金[2],

你们将在为古老的"祖国"一词

而慷慨捐躯的人们中间,

就像涅瓦河在群星中间,

读到我模糊不清的名字,

而我的名字会更加可怕和恐怖,

相比桌子上的气泡和两根骨头,

这两根骨头下面有这样一句话:

"有幸活着,务必小心!"

这是你们,这是你们将轻轻读到的,

---

1. 尼古拉·伊万诺维奇·科斯托马罗夫(1817—1885),历史学家、诗人。
2. 米哈伊尔·彼得洛维奇·波果金(1800—1875),历史学家、政论家、作家。

一颗子弹,就像画家的笔
怎样击中我的头部,
而我还要戴着
帽顶如棺材的绿色鸭舌帽
去找我善良而又年迈的姨妈。
此时此刻,所有的诱惑和鼻炎,
甚至还有美食,一应俱全,
而在那里,我不会害怕。
——视死如归!

—— 1916

如湖面的天鹅,您今天就是

如湖面的天鹅,您今天就是
严肃的鲍里斯·戈东诺夫夫人。
我对您并没有别的期待,
也不善于解读黎明的书信。
您可还记得?仿佛土著的女神,
您那双聪明而又热烈的眼睛,
辫子好似傍晚的蓝天,
落在您黝黑的肩头。
要知道,这是您躲进了田埂,
像美人鱼一样弹拨辫子的古斯里琴。
要知道,这是您为了变得更美,
像蜂蜜一样熠熠生辉——这是黄蜂的快乐。
它们金色的珠串
好似项链一般
挂在脸上、眼上和头发上。
一处处蜇伤的逗点
在教嗓音学习标点符号。
从来不知跟欢乐争吵。
圣母在这里脚踩着麦地,

信步走在夜间的田埂上。
我在这里怀着迟钝的思想成长
并变成了另外一个人。
这里不曾有过"是",
可也不会有"但是"。
过去的——忘记了,将来如何——我们不知。
圣母在这里洗过粗布衣裳,
一只鸽子落在头顶,来喝茶。

——1916,1922

人民举起了最高权杖

人民举起了最高权杖,
仿佛国王走在大街上。
人民起来了,一如先前的梦想。
宫殿,如受伤的恺撒,弯下腰来。

我裹着宽松的皇家披风,
沿着缓慢的台阶从高处走下,
但"我们绝不背叛自由!"的呐喊
一直传到了符拉迪沃斯托克。

自由之歌啊,人们重又把你歌唱!
人民被火药之歌点燃。
人们用逃亡列车,我离弃的列车,
铸成一尊自由的偶像。

夜晚的教堂的自由奔放之魂,
铸铁的眼睛斜视着一挺挺机枪。
但战斗的耻辱引发的怒火——
你,女祭司,将捕兽网撕个粉碎。

我做了什么？用阴郁的红腹灰雀的
民众之血[1]，浸染燃烧的旗帜，
有如吉列伊[2]，用一大堆爱称和小名
亲热地裹住他情人的玉体。

该诅咒的日子！恐怖苦难的恐怖呻吟。
而此处——啊，竟是铁锈和绿霉！
我在每一件无领上衣中都隐约见到丹东[3]，
我在每一棵树后面都见到克伦威尔[4]。

—— *1917*

---

1. 指 1905 年 1 月 9 日，"流血的星期日"。
2. 此处借用了普希金长诗《巴赫奇萨腊伊泪泉》男主人公之名。
3. 丹东（1759—1794），法国大革命期间雅各宾派领袖之一。
4. 奥利弗·克伦威尔（1599—1685），英国政治家、军事家，17 世纪英国资产阶级新贵族代表。

致司火[1]

我要唱一唱
那满头大汗、穿着
烟灰和烟黑的牧羊人皮袄、
阴郁而又黝黑的司火
怎样用白色劈柴喂养你,
啊火的食木兽。
他,黄里透红,忽而像死亡
藏到黑暗的围墙后面,
忽而像一条狗蜷缩成一团,
躺在大树幽暗的叶簇之中。
此时,他的眼睛为我们
领略了蓝色翠鸟的羽毛。
阴暗的黑树枝如黑羽毛脱落。
然后他将金鬃一甩,猛扑上去,
撕咬着一堆银羊毛般的劈柴,
他嘶哑地嚎叫,对群星牢骚满腹,
朝天空翘起大嘴——寒冷引发的燃烧欲。

---

1. 司火(огневод),作者生造的一个新词,意为"火的掌管者"。

星光照进一扇扇百叶窗。

火啊,工人用白桦林

惶惶不可终日的胴体喂养你,

它们频频摇头,为黑夜窃窃私语。

火,欲壑难填,而树木已所剩无几。

它们抱怨的,其实是人的到来。

悄无声息的烟黑甚至落到了

黑暗街道的叫喊——

那块"卖棺材"的招牌上。

—— 1917

哈尔科夫的欧诺[1]

在那里,脸色阴沉的国王
骑着驯鹿走出北方的暮色,
一种白色之物——可爱的疼痛,
似黄鼠狼啮咬可爱的鸽子。

在那里,他严肃的原木
在寻找那些白色飞蛾,
旁边是一片深色乳汁——
那匹雪白的马。欧诺坐骑!

欧诺淌出印满吻痕的发辫,
就像淌出深色的蜂蜜。
在马鬃上激荡。谁会明白
大俄罗斯人就住在此地?

我用她河流的名字

---

1. 欧诺(Оно),俄语人称代词第三人称单数中性。此处原文大写,意指"时间国""地球政府"和"众神",与汉语的"他""它"均不对等,故此处采取音译。

裹住众人的声音。
赤裸暗黄的双脚
不断地摇晃着马镫。

—— *1918*

令人心仪的睫毛下

令人心仪的睫毛下
那份顾盼生辉的莹润,
柔软的手与手之间
那种深情长久的抚摸。
湛蓝的眼眸好似杏核,
任性的弯眉着实可人。
啊寒国!我的寒后,
在蓝色湖面上的寒王。
无畏者,毅然前行吧!
去往时王涕泣的地方。

—— 1918

关于自由

如理性的风暴,团结的风暴,
所有人都追随着这位女神。
人们展开天鹅的翅膀
将劳动的大旗高擎。

自由的眼睛那么炽烈,
烈焰与之相比还嫌寒冷!
任凭人间处处是圣像!
他们的饥饿将创造出新人。

友爱的人们啊,让我们高歌猛进!
所有追求自由者——勇敢前行!
纵使我们牺牲了——还会复活!
每个人今后都将死而复生。

让我们踏上一条诱人的路,
让我们倾听雷霆般的脚步声。

假如众神被戴上了枷锁,
我们就把自由送给众神!

—— 1918

而我

而我
用一声声叹息
为圣灵日
制作一份献礼。
一棵白桦向邻居倾过身去,
仿佛碧绿的
弥漫着安息香味儿的空气。
当您在花园中徜徉,
您是那么勇敢和美丽。
仿佛花园的白昼正在凋谢,
白桦树不能发出欢声笑语。
您也是屠格涅夫的弟子啊!
系着袖章的红色火焰!
或许,明天
群山闪烁的光芒
会给我一种自豪感。
或许,我自己,
把许许多多个星期
护送到七重天的向导,

会像严厉的冰川一样

将您的理智裹得严严实实,

并用锦缎一般

雪白和弧形的眼睛扫视

那些绿色的小溪,

我们所有人——谁也不是谁的,

我们拍打着双腿周围

衣服下摆的锦缎。

我将在山路上驱车

前去为您摇旗呐喊。

什么太阳和星空——

一切自有安排,只是稍晚。

而您,您是三一节的少女。

我还要在那边漂泊数年。

我要从山羊那里取材

写一个故事,

讲山里的自由多么妙不可言。

牧童吸吮着

山羊们野性的奶头。

风暴在那里擦肩而过,

一个男孩

在碧绿的水塘中拉扯着一片云彩,

而那片云彩其实是一只
嘴唇已疲惫不堪的天鹅。
而风,
它揩净了
悬崖的啼哭
并亮闪闪地坠落到
山坡上面。
风停了。娱乐晚会,
流着动人的树脂——
银色泪珠眼里的晚会
在勇敢的白桦林中
也散了。
还有一棵银色词语的魔树。
不,这不是山!
我想,假如一块石头挤向天空,
而深渊沐浴着绿色泡沫,
这乃是你丝绸般的双眸
在三一节那天。
丝一般的睫毛啊,
可还记得,沿着一条
丝一般的小路,
我向您走去!

这乃是

身形细瘦

但声音洪亮的

牧童

在吹奏一只木笛。

火噼噼啪啪地烧着,

刚好可以煮粥。

而在蓝色的水塘里

浮着一片睡莲的叶子。

—— 1918

一匹马的死亡

即便是
售卖马肉
也讲究
"以眼还眼"
和笃信救世主降临。
我们变得粗野
并静悄悄地走向坟墓。
我在车辕的镣铐中斋戒,
后臀挣扎着倒在地上,
仿佛一大块马肉,
我是诸城市的白马,
有一双美人鱼一样的明眸,
一双视而不见的
蓝色眼睛,
我套上黑色的车辕和马具,
如一阵阵的暴风雪,
奋力挣扎着。
我就要倒下了,
犹如一个被杀死的承诺。

小丑们嘟嘟—嘟嘟地

从一旁疾驰而过,

而我就要倒下了,

犹如一个被杀死的承诺。

而城市,它向每一个夜间的太阳

送出一份溃疡

和一个问题:难道?

—— 1918～1919

这一天，一对蓝熊

这一天，当恬静的睫毛上
掠过一只只蓝熊的身影，
透过双眸的两潭碧水
我悟出了一道苏醒的命令。

伸到我近前的眼睛的银勺
为我呈上大海，且海上有只海燕；
我看到，两条不为人知的睫毛间
鸟儿一样的罗斯飞向喧腾的海面。

然而天国之爱的海风吹翻了
蓝色海水中某个人的圆帆，
第一声惊雷和春天接下来的路
因而沉入了无望的深渊。

—— *1919*

强劲的奔跑,噼啪的奔跑

强劲的奔跑,噼啪的奔跑——
一头黑色公牛直奔太阳,
一眼望去,似乌云,播撒着
成堆的火星,惯于发出恫吓。
好心的公牛啊,别折磨天空,
别像火车头一样呼呼喘气。
须知,没有天空便无从得见
我们把花环掷向谁的犄角。

—— 1919

我的白杨

我的白杨,
春天古兰经的
快乐神学家
一大早便在等待清晨的使者。
好像太阳的捕鱼者,
他将一张张的渔网
抛进天上的蓝色渔场,
然后灵巧地捕捉犍牛的咆哮,
捕捉爱打瞌睡的云朵
和夏日风暴的清新气息。
啊,白杨渔夫,
你的腰身是绿色的,
你甩出一张张
柱状的绿色渔网。
你看,春天之神
(惊讶不已的鲟鱼)
躺在了湿漉漉的叶片
旁边的每一条小船上。
"把天空给我!"一声请求

开启了绿色的嘴唇。
一棵堪称伟大的白杨
将携着上帝的捕捞网
用头角的顶撞
用蓝色伏特加的狂澜
撞击田野。

—— 1919

聋哑的故国上空:"不许杀人!"

聋哑的故国上空:"不许杀人!"
鸽群湛蓝的村镇仿佛酒徒
沉醉于机枪射出的连发子弹,
当"咕咕"的鸽鸣变成嚎叫:
"上膛,向右,预备——放!
别打歪了!等下——开火!
自由和王位,
前进!"
一位美少女,掀起下摆,
怒吼道:"朝我肚子开枪!
勇敢些,直接瞄准肚脐!"
远方的教堂发出警报,
篱笆筑起的围墙附近
一次齐射,八缕青烟——
"这次射击没有命中!"
又是一阵砰砰的枪声。
十八个匆匆而过的春天
随着歌声仰面倒下。
射击的大锤锲而不舍,

一具聪明绝顶的尸体
温柔如黑夜的书页,
躁动不安如美人鱼。
这可是一条母狼
口吐白沫伤重而死?
步兵的脚步在一件件
殷红的衬衫之间敲击。
两次倒地的美人鱼躺在那里,
风,用它冷冰冰的手
撕扯着她的粗布遮盖。
我见过你啊,起义[1]的美人鱼,
在呻吟和哀怨的所在!

—— 1919

---

1. 俄语 восстание(起义)作为旧词时,也有"复活"的意思。

事出偶然

我用火一样的树脂烈酒
让严肃的茶快活起来,
而莉莉娅[1]却出人意外地
公然对理智宣布:"滚开!"
包着铁皮的后脑勺上
一对明眸在为生命站岗。
睿智的煎饼和餐叉,
繁盛而又勇敢的花卉之家。
茶炊以透明的白色
扭曲地映射出我们的影像,
它的呼吸和炙热,
还有升入空中的蒸汽——
生活的一切在给人启迪,
生命的激流【要求替代法则】。

强劲的奔跑,噼啪的奔跑——

---

1. 即莉莉娅·尤里耶芙娜·布里克(1891—1978),作家和理论家奥西普·布里克之妻,马雅可夫斯基情人,有俄国先锋派缪斯之称。

一头黑色公牛直奔太阳,
一眼望去,似乌云,播撒着
成堆的火星,惯于发出恫吓。
好心的公牛啊,别折磨天空,
别像火车头一样呼呼喘气。
须知,没有天空便无从得见
我们把花环掷向谁的犄角。

—— 1919

水，在一片蓝色斑点中

水，在一片蓝色斑点中
悄然流淌，磨蚀着树木。
风，抛出奇数和偶数，
渔网，静待着鱼儿闯入。
朦胧的天空大汗淋漓，
一个黝黑、阴郁的少年
和邻家少女长大成人了，
他们还不懂忧愁为何物。
唯有夜间苔草的喧哗，
唯有河边牧草的战栗，
加上某个苍白、高挑的人
密林一般耸立在那里。

—— 1919

白色的碟子上一只黑虾

白色的碟子上一只黑虾
抓住了蓝色黑麦的麦穗。
有关伤风感冒的谈话,
有关无聊和谎言的海洋。
可突如其来的一个电话:
"我们完蛋了,就像阿瓦尔人!"
得效仿从前的恺撒,用帘布
把自己从头到脚遮严。好吧!
放心死去吧,我亲爱的。眼睛
如果能专心致志地将你开启,
你会瘫在沙发上说:
"我就是那个不被打搅的人。"

—— *1919*

春天的谚语和绕口令

春天的谚语和绕口令
从冬天的书上爬了过去。
明察秋毫者蓝色的眼睛
目睹了羞涩大地的笔记。

这几日,一只金灿灿的小球
直接飞进白杨的捕兽网。
一株金色的款冬拱了出来,
像金色的小乌龟一样。

—— 1919

生命

你用波浪般的头发
烘干盾牌上樱桃红的露水。
而这里从刽子手的笑声中
走来一个狂笑不已的人。

那是生性絮叨的你,
却似黑眼女巫沉默不语,
要么就像放声大笑的美人鱼,
端坐在猛犸象的巨齿上。

它死了,巨齿翘起,
天上又一次出现霍尔斯[1]。
暴风雨认得活着的它——
如今这个庞然大物,冻死了。

你在此跳跃,温柔如暑气,
在刀丛之中如烈焰光芒万丈。

---

1. 古俄罗斯神话中的太阳神。

射击在此形成一片透光的烟云,
一面旗帜从死者手中脱落。

在这里,你加快了时间的流动,
断头台如绕口令般做出判决。
而那里,作为枪击的血腥牺牲品,
一只生命的乌龟仰面倒下。

在这里,红天鹅的朝霞
辉耀着一双双崭新的翅膀。
而那里,老沙皇的碑铭
被层层的沙土掩埋。

你在此跳跃,似一匹牝马,
沿着一条七翼之路。
你在此挥手,如红色都城,
如最后一声"永别了"。

—— 1919

草原石雕[1]

一位拄着蛇形拐棍的老者,
一种被施了魔法的寂静。
你如一条狂笑的美人鱼,
坐在一头死猛犸象上方。
古老的柳树皮飒飒作响,
人一样咿咿呀呀讲着童话,
而田埂上的石雕少女们
则像是在讲述石板的故事。
古代的祭祀将你们立起,
你们伸展着,从天空到天空。
她们表情冷峻而又残忍,
她们的珠串是粗糙的手工制品。
那些鹰隼听不懂
石头所讲的东方童话。
一颗露珠仿佛银色的乳头

---

1. 考古发现的人形直立石雕,高从一米到四米不等,多为士兵像,也有妇女像,分布在南俄草原,与阿尔泰、图瓦、哈萨克斯坦和蒙古的石雕同源。专家认为,这些石雕像是当年游牧部落统治草原的象征。

挂在她鹅卵石的乳房上，
她面带凝固的微笑伫立着，
被不为人知的父亲遗忘。
一位黑发少女在此猛然一跳，
惊醒了一位夜间的勇士，
她的发辫舒展飘逸，
他的嚼子缄默不语！
群山，百年之声的坚硬曲折，
蜿蜒成一道雪白的字母组合图案。
从高处坠入田埂的岩石
筑起一道围墙，截断河水的交谈。
幽暗的林中空地上，
有一棵树，不知在向谁祈祷。
它哭泣着，哀号着，
念叨着一些叫不出名的言语。
啊温柔的白杨，黑色的白杨，
清新的黄昏的宠儿！
它那摇曳生姿的叶片
发出的这交谈的震颤
走了过来："写吧写吧"，
你这金发和无言的少年。
这位少年需要什么，在寂静中，

在银光闪闪的话音上方?
痛哭,就为这条银河不是我的?
"在这层新土的覆盖之下,
千万个亡魂在不停地呻吟!
我每天都在等待朝我开枪,
为什么?为什么?毕竟我爱所有人,
我从前活过,在这些时日之前,
在羽茅的草原上,在石雕之间。"
我来了,坐下。用手遮住
烧得通红的面颊之书。
月亮把一只晚星的大圆面包
送给啼哭的儿子。
"我的需要多吗?
一只圆面包
和一滴牛奶。
还有这天空,
还有这云彩!"
我爱那些乳白的妇人,也爱这些
不急于开花结果的少女。
我这是掉进了
银河之网的罗网之中。

当维斯瓦河[1]水红得像血,

蒂斯河[2]水因血而变红,

这时,一个个号啕的数字

在可怜的世界上空掠过。

蝴蝶的翅膀泛着蓝光,

好似两个石雕女偶像的眼睛。

灰白的石雕女啊,她

注定要在此伫立,

为甲虫们提供停靠之地,

没有梳子也没有胸针,

用一只粗糙的手

指着爱情的石刻条例。

眼睛——灰色的石板——

粗糙而又扁平。

一只飞蛾用翅膀吸附着,

在石雕眼睛上半躺半卧。

一只巨大的飞蛾用翅膀遮住它,

也遮住有无数翅膀翻飞的蓝天,

并用一个个圆点组成的花边

---

1. 波兰境内的一条河。
2. 在俄罗斯布里亚特共和国境内。

护住樱桃红的微火划出的界线。

火的省略号给了石雕女

理智，也给了她双眼。

眼睛闪着蓝色，理智长成

一个流浪汉的飞行指令。

可是麦垛在夜间突然起火？

石雕偶像啊，醒来吧，展开

游戏之游戏和雷鸣之游戏。

从前的盲人，羊群的守护者，

像大飞蛾一样勇敢地睁大眼睛吧，

像银河一样洞察一切。

要知道，射进巨大额头的子弹

在唱歌，没有仇恨，惟愿

飞蛾的棺椁甩掉枷锁，一口棺椁

落入众多棺椁之列。

跳！跳！跳进天堂吧，棺椁！

石像啊，起舞吧，用戈帕克舞步让天空眩晕。

像飞蛾一样仰望天空。

且记住，这快乐的群星，这闪耀的星星之火

乃是戈帕克舞湛蓝的靴子上

像帽子一样闪烁的钉子。

胜过七色的彩虹！

胜过夏日风暴的飞行!
草原的少女已经大为不同!

—— 1919

我的远征

被人们包裹着的马群
一见到大海,扭头便跑。
海的恐惧,难以数计,
比儿童出麻疹更难对付。
但充盈西伯利亚的信仰之名,
温情的乐土死亡之国
能重新认得出叶尔马克,
连古代城堡 A[1] 也会缴械。
信仰世界之外虚无的击水
像镜子一样把我映射。
啊,像强盗一样抡起链锤吧,
测试大海忧伤的深度!

——— *1919～1920*

---

1. "A",指亚洲。

白嘴鸦的秋天的教堂

白嘴鸦的秋天的教堂,
白嘴鸦的秋天的思想。
一道编结起来的篱笆墙,
风穿过阳光的梦乡。
理智的嘴唇
将呻吟丢进空中。
河水的一道道湾
和油画上雪封的道路。
三个少女穷追不舍:
我是谁的,又不是谁的?
而鸽子们在头上盘旋,
要知道,它们年纪尚幼。
于是到处都有影子出没,
那道篱笆朝我爬了过来。
别这样!

—— 1919～1920

祖先

猎人身上背着结实的海豹皮袋子,
皱巴巴的鱼皮盖头宽松肥大。
一条干鲟鱼标本,上面插着一束
带鹰羽的箭和细而直的飞镖,
鼻子上有块石头,带齿的燧石,
替代尖嘴,有时也替代尾巴上的鹰羽。
猎人双目圆睁,冷峻而锐利,
一头长发,透出凶悍和残忍。
弓在手上,箭在弦上,小心引弓,蓄势待发,
双脚扎着皮带,站在粗糙的木轮车上,
好似梦境中的上帝之眼,随时会
"嗖!"的一声射出悦耳动听的死亡。

—— 1919～1920

养鸽

你们喝着鸽子温暖的呼吸,
你们笑着称这只鸽子无耻
而他,将拱起的喙放进涂红的嘴唇,
抖动翅膀,把你们也当成了鸽子?
未必吧!
一群黄莺,好似霞光的
三脚架,飞到一具尸体上,
用乌黑的眉毛掩盖
早晨的海面的明镜。
水位下降,如君王们的歌吟。
在他们闪闪发光的麦秸后面,
仿佛晴朗无云的天空,
山岗不时会抖擞一下,
朝大地来一个熟悉的俯冲。
鸽子那对深红的利爪
埋没在华丽的发型里。
他飞来了,秋天般捉摸不定。
他在伙伴中间已经失宠。

—— 1919～1920

被解放的个性

1. 绝无仅有之书 [1]

我见过,黑色的吠陀,

古兰经和福音书,

还有刻在丝滑薄板上的

蒙古人的经书 [2],

用草原的泥土

和香喷喷的干粪,

正如卡尔梅克女人

每天早晨所做的那样,

筑起一堆篝火

然后自己躺上去——

白寡妇 [3] 们藏进烟云,

以便加速

---

1. 赫列勃尼科夫在对宇宙模型进行描写性分析时给出的一个隐喻,诗人认为,宇宙就像一个含蓄多变的自然与社会文化的文本集合。这一观点的来源一个是印度神话,一个是经典哲学,赫列勃尼科夫在1918—1920年间对此有过专门研究,并在创作中有鲜明反映。
2. 指《蒙古大藏经》(《甘珠尔》和《丹珠尔》)。
3. 古代世界上许多民族都有寡妇自焚的习俗。

绝无仅有之书的到来,
那本书好似浩瀚的海洋,
拍打着蓝蝴蝶的翅膀,
而那枚丝绸书签,
也就是读者的目光停留之处,
则是一条条碧波荡漾、奔腾不息的大河:
伏尔加河,那里人们彻夜歌唱拉辛,
黄色的尼罗河,那里人们向太阳祈祷,
扬子江,那里人们享受着美味的浓汤,
还有你,密西西比河,那里扬基佬
把星空穿在裤子上,将双腿裹进星空,
还有恒河,那里皮肤黝黑的人们都是智慧树,
还有多瑙河,那里白皮肤的人们穿一身白,
穿着白衬衫站在河边,
还有赞比西河,那里人们比皮靴还黑,
还有奔腾的鄂毕河,那里人们
雕刻神像,并背对神像偷吃肥腻的食物,
还有泰晤士河,那里尽是乏味的寂寞。
人类的种族——就是书的读者,
而封面上——是创造者的题词,
我的名字——是那些湛蓝的文字。
可是你读得不够认真。

要专心致志!
注意力分散,像是在偷懒,
仿佛是在上神学课。
那本绝无仅有之书,
你很快、很快就会读到,
书中有一头鲸鱼翻腾跳跃,
还有一只鹰,在书页的一角迂回,
然后落到海浪——大海的胸脯上,
好到鱼鹰的床上歇息一下。
——
我,须发茂密,似河流纵横交错……
你们看!多瑙河顺着我的肩膀流淌,
水流湍急的第聂伯河,石滩泛着蓝色。
这是伏尔加河倒在了我的怀里,
手中的梳子——似群山的栅栏
梳理着我的头发。
而这一根长长的发丝——
我用手指把它捏住——
则是阿穆尔河,那里,一个
日本女子正向天空祈祷,
而当风雨大作,她便一动不动。

2. 亚细亚

始终为奴,却将诸王的祖国
放在黝黑的胸间,
你翻阅着那本书,
上面的字迹是用大海的粗笔写就。
人们用墨水书写,
枪毙国王是惊叹号,
军队的胜利是逗号,
一个个人群是省略号,
他们的狂野毫无怯懦之色,——
人民有目共睹的愤怒
和千百年的裂隙——是括号。
带着国家的标记
代替耳朵上的环饰,
你有时是一位仗剑少女——
捍卫贞洁,有时是
一位老妪——暴动的接生婆。
始终是预言的女神,
你翻阅着发黄的书页,
没有发现军队在减少,
在这里,你将一个个王座大头朝下

像寂寞的美人的袜子一样丢弃,

在这里,你从掩埋于沙土中的城市里

拾起一枚古代的钱币。

而在这里,古丽埃特·埃尔·艾因[1],

用一堆篝火结束了无瑕的生年,

明亮的双眸闪烁着恬淡和神秘,

以及带有一丝野性的东方之柔情。

在这里,耕地在抢占山中

燕子的巢穴,那里有一片片

瘟疫的墓地———一座座高塔,

在这里,人们将少女们的骨灰

托付给一只只空瓦罐,

然后捧着交给天空的族长。

在这里,有一位王子[2]赞美贫穷,

不忍心用足跟踩死一只蚂蚁,

于是乞丐都穿着褴褛衣,

在这里,智者们哪怕被活埋,

也不会背叛经书上的古训。

而在这里,有以往世纪的各个瞬间,

---

1. 伊朗伊斯兰教改革家阿里·穆罕默德·巴布亲王(1819—1850)的学生和追随者。
2. 指乔达摩·悉达多。

从中可以窥见一头狮子正吞食猎物,
在习以为常的连绵战争的文字上方。

那里有个国王,怀抱一个婴儿,
他的军队已长眠于沙土之中,
他和婴儿双双从悬崖投入大海,
啊,同时代的妇女们泣不成声!
这就是草原,连绵的山岗
好似起伏的波涛,
死去的畜群以往的天子们
尽都披挂着鳞甲。
看这为数众多的大象
从一堆已经绝迹的
野性的漂石下面
拱出自己的巨齿,
一场场暴雨唱着歌
飞进数量众多的洞穴,
好似在玩机灵的游戏,
好似一场场水的雪崩,
那是一条条瀑布,直立着
盘旋而上,如绿草地上的
蓝色马群,盘绕成环状的

两栖爬虫。

你允许猴子们

拥有政府和国王,

它们不顾天生的飞行缺陷,

飞一般去大地上寻找野菜。

在绿色的守望台深处

你听到了森林小弟们的笑声。

你可真老啊!竟然五千岁了。

像你群山的褶皱一样满是豁口!

自从快乐的酒鬼羲和[1]

被斩首,从那时起

以往的数千年便不复存在。

你们纵情于酒色,

沉湎于那些甜蜜的罪过——

将你们肥胖的身体

交给有伤体面的享乐,

忘记了天上的事业,

---

1. 相传为中国最早的天文学家。在关于唐尧的传说中,羲和是掌管天文的家族,有羲仲、羲叔、和仲、和叔四人,被尧派往东、南、西、北四方,去观测天象,以确定季节,安排历法。据《尚书·胤征》篇,羲和是夏仲康王的天文官,因沉湎于酒色而荒废了天象的观测和推算,造成了意外的惊慌,于是仲康王依《政典》"先时者杀无赦,不及时者杀无赦",命胤侯征伐羲和。赫列勃尼科夫曾主张为羲和立碑,以纪念人类最早的科学殉难者。

因而被朝廷处以极刑。

日蚀的游手好闲者们，

你们，只顾抓起杯子，

却没有注意到当代

西多尼亚[1]的复出。

他的舰队在对马岛[2]被击溃——

他，梅迪纳，重新在我们中间穿过，

那一年，穆克敦[3]血流成河，

朝鲜都知晓那位先生

和罗热斯特文斯基们[4]的东方旅程。

火刑、宣谕台和数百年刑讯的国度啊，

用各民族的手指展开了一卷画轴，

你在这里亲吻着瘟疫的衣摆，

而在这里，智慧的人们在打造亚洲的统一。

——

去那里，去那里，伊邪那岐[5]

---

1. 西班牙无敌舰队司令西多尼亚·梅迪纳公爵。
2. 指对马岛海战。日俄战争期间，日俄两国舰队在对马海峡附近海域激战，结果日本舰队大胜，俄国舰队几乎全军覆没。
3. 即奉天，穆克敦来源于满语译音（"盛京"之意），此处指1905年俄日战争中的最大一仗奉天战役，其结果是俄军惨败。
4. 季诺维·彼得洛维奇·罗热斯特文斯基（1848—1909），俄国海军中将，对马岛海战俄国舰队司令。
5. 伊邪那岐，日本神道教创世之神，伊邪那美之夫，生天照大神。此句中的"读"原文为过去时阴性（читала），因此，此处的伊邪那岐可能是伊邪那美之误。

在那里为佩伦[1]读《物语》,

而厄洛斯坐到了上帝[2]的膝盖上,

上帝秃头上的那撮白发

简直跟雪一样,

在那里,阿穆尔[3]亲吻着玛阿—埃默[4],

而天[5]在与因陀罗[6]交谈,

在那里,朱诺[7]和凯查尔夸特尔[8]

端详着科雷乔[9],

并对穆里略[10]啧啧称羡,

在那里,翁库伦库鲁[11]和托尔[12]

正用臂肘支撑着身体,

心气平和地对弈,

还有伊什塔尔[13],对葛饰北斋[14]

---

1. 又译佩鲁恩,斯拉夫神话中的雷神。
2. 此处指中国神话中的"上帝"。
3. 罗马神话中的爱神。
4. 爱沙尼亚神话中的天神、雷神乌库之妻,地母的化身。
5. 中国文化概念的"天"。
6. 古印度神庙中的雷神、战神。赫列勃尼科夫此处将之女性化了。
7. 罗马神话主神朱庇特的妻子。即希腊神话中的赫拉。
8. 中美洲印第安人神话中的创世者,人与文化的缔造者。
9. 安东尼奥·科雷乔(1489—1534),意大利画家,巴洛克艺术先驱。
10. 巴托洛梅·穆里略(1618—1682),西班牙画家,有"西班牙的拉斐尔"之称。
11. 非洲祖鲁人神话中的先祖,死亡的发生与他有关。赫列勃尼科夫自注:这是非洲的雷神。
12. 日耳曼和斯堪的纳维亚神话中的雷神、丰产之神。
13. 西部闪族神话中的爱神和丰产女神。
14. 葛饰北斋(1760—1849),日本著名浮世绘画家。

赞叹不已——去那里，去那里。

3. 当代

各个灰色广场的围墙挂着项链[1]：
"违者就地枪决！"——
于是所有时代的新娘身上
燃起了仇恨的烈火。
疲惫的农民坚决不肯
往城里运送干草。
现在传来消息：门栓脱落了[2]。
死亡为在以往年代风光过的
所有人，登记好了顿河的水滴[3]，
它会埋葬以往游戏的
金钱和利益的诸多世纪。
在这里，我们忘记了我们是怎么爱的，
少女们是如何亲吻先祖的，
而蒸汽机车将自己警觉的瞳孔的畜栏，
自己午夜的火光的眼睛

---

1. 喻指告示。
2. 暗指1919年12月红军解放哈尔科夫。
3. 指子弹。

击得粉碎。

谣言四起,

在一个聋哑人的嘴上

总共就一句话:"靠墙站好!"——

好似鲸鱼喷气的瀑布,

泰戈尔和威尔斯的创作高涨,

但是,旅行人啊,瞄准

世界的星空吧,就像木筏上的黑帆。

用谈话隐藏起凶手的刀子,

科学家们的百年统治啊,

你是用歪歪斜斜的铅字排的版,

就像克鲁乔内赫出的书,

成群结队的排印错误

四处飞舞,就像是圣诞节,

就像是,假如有谁说:

"战争结束了——刀剑的战争。

看——我把刀插入鞘内。"——

或是将情妇的嘴唇

错给了那些祷告的画布,

在那里,过去的崇拜者们

呆立着,像是刀口下的猎物公牛。

通过两条光一样铁线[1]

一个中国女人的夜歌

传进赞比西河黑色的耳朵,

扬基佬的贸易账单随之而来。

裹在银色破布之中的

印在钱币上的

中国文字,

土耳其文字——埃尔赛菲赛尔[2]

咚咚敲击着各个国家的围墙。

而恒河的歌声与刚果河的舞蹈

被铜锣的言语融为一体。

非洲的炎热在严寒的国度

仿佛旅行人之于燕子,欲出手相助,

精疲力竭的蒸汽机车旁

坐着黑夜,像板凳一样。

在那里,岩羚羊角似钢刀闪着寒光,

自由的眼睛跟人的目光一样明亮,

印度的监狱城堡被填弹塞——

罗宾德拉纳特·泰戈尔堵死!

---

1. 指无线电天线。
2. 俄罗斯苏维埃联邦社会主义共和国的缩略语读音。

"收购旧货喽。收购旧货!"
啊,充满征兆的歌曲!
啊,宿命的曲调,人们以此埋葬国王,
在钢铁母亲们怀孕的日子里。
时间的旧货商将国王们的破烂儿
装进一只破旧的口袋。
一个世界的鞑靼人
在窗前和门口转悠着:
"有旧货没有?"——
一边说,一边用绳头扎紧口袋。
他头戴满是窟窿眼的圆顶礼帽,
手提一个废弃的王位,走街串巷。
"有旧货吗?
高价收购!
收购国王。
收破烂儿喽!"——
在这个神秘受孕的世纪
一座座城市乌龟的上空,
在钢铁打造的传送轨道上
一台印刷机在飞奔。
在同样两条纽带的两岸间
游动着一件件大事的巨怪。

——

这是在阿伊五月,

这是在阿伊五月。

——听着,男孩,别打哈欠。

这事时有发生,

五月,是的!是的,五月!

怠惰的五月从空中流泻。

纯净的水从天上流泻,

我恳求,我呼吁。

——在阿乌月份究竟有什么?

阿伊,是的!五月,是的!

——

啊,亚细亚!我用你来折磨自己。

我体会着乌云,就像体会少女乌黑的眉毛,

就像体会温柔的健康的脖颈——

体会你夜间的晚祷。

那个人安在?他预言了

自由的温存的一天终将到来。

啊,假如亚细亚能用那些

蓝色河流的头发缠绕我的膝盖,

且有一位少女悄声发出神秘的怨怼,

这安静的、幸福的少女一边哭着,

一边用辫梢擦干眼中的泪水。

她爱过,她痛苦过——

这躁动不安的宇宙的灵魂。

真想让那些情感在心中再过一遍,

在摩诃毗罗[1]们,查拉图斯特拉们,

和充满斗志的希瓦吉[2]的心中

点燃一场突如其来的战斗。

我真想成为那些湮灭的梦的同代人,

源源不断地创造各种问题和答案,

而你则将你的发辫

像一堆闪闪发光的钱币一样撒在我脚上,

"老师,"你低语道,

"可是真的,今天

我们要步调一致地

去寻找更自由的道路?"

---

1. 即大雄,印度耆那教创始人,与释迦牟尼同时代。
2. 贾拉特帕蒂·希瓦吉(1627或1630—1680)印度马拉地人的民族英雄,领导过抵抗莫卧儿王朝统治的斗争。

4. 复数的祈求

第一歌

前进,地球们!
我以眼睛的暴风雪……
前进,地球们!……

第二歌

纵使《哈尔科夫地区的鸟类》,
好像是苏什金[1]的著作,
声称夜莺的山谷干涸了,
仙鹤[2]的轰鸣也已干涸,
而秋天像一个逗号高挂,
我还是要走向那个女子,
她那奇特的希腊羊毛
邀请我品尝一下
那清冽的葡萄美酒——

---

1. 苏什金(1868—1928),俄罗斯著名鸟类学家。
2. 此处一语双关:俄语中的"仙鹤"与"简式起重机"同音同形。

普希金的《埃及之夜》。

两对眼睛——夜晚的和白昼的，

乃是一个昼夜分成了两半。

蔚蓝的白日，黑夜的奴隶，

你们相互交替，此起彼伏。

百分之一瞬间下的逝者如斯。

你们思考着，极力回想

尼禄[1]委实不错的表现，当他扮演

作为肃反委员会主席的基督。

你们是爱之岛的外来者，

是谈话时沉默寡言的一族[2]。

—— 1919～1920～1922

---

1. 尼禄（37—68），古罗马皇帝，暴君。
2. 指德国人。俄语中的德国人（немец）一词，字面有"沉默者"的意思。

蓝色夜空一派蓝色气象

蓝色夜空一派蓝色气象,
轻拂着一切心爱之物,
有人苦恼地发出呼唤,
并思索着傍晚的凄苦。
此事发生在三颗金星
在条条小舟上点燃之时,
发生在孤零零的崖柏
在坟墓上方抽出新绿之时,
此事发生在那些巨人
戴上红色的缠头之时,
在那海风肆意妄为之时,
它很美,却不知原因何在。
此事发生在渔夫们开始吟唱
奥德修斯的话语之时,
倾斜的翅膀在远处
在海浪上腾空而起之时。

—— *1920*

未来的城市

在这里,一个个房间组成的广场,在一个层面,
仿佛垂挂着的玻璃书页,
在这里,石头听到了一声"打倒你们",
当思想前来抢班夺权。
直角们,玻璃的木头们,
球体、飞翔的角度和场地,
一座座透明的山岗,一群纯净
透明的蜂窝安卧的地方,
古怪的木头街道的轰鸣
和白色原木墙的额头——
我们走进太阳营地的城市,
那里只有单位和长度。
一个蓝色水罐为天空洒水,
黑暗广场的美人鱼为天空洒水,
一座红球之顶
明亮如一缕玻璃白发的冠冕,
如一只博学的眼睛走进夜幕吧!
它投向天空的眼睛
鲜明地浸染了黑夜的墨水。

一座宫殿执拗地
要在众目睽睽之下掀掉房顶,
以便观察星座的队列
并深化报应的定律。
那里有一个孤零零的塔尖
在一个街角的岗哨上,
安宁之上的安宁的玻璃之路
目光敏锐地守卫着寂静,
先知长老们从墙头守望着,
好似一群多彩而又透明的蜜蜂。
在金色的激流中,在圆顶中,
他们,那些智者,守望着,
探寻真相,不断拷问:父辈架设
与子辈间的网络是否愚不可及。
镇定自若的祭司们
谛听着全人类的喧哗。
然而城市却用一本
黑色平面之书切割蓝天,
从而使黑夜的真空之圆
变得更大、更蓝。
在透明街道的纵深之上,
在沉重的玻璃里,在深处,

一排排圣洁的面孔
独自与天空之火相守。
剥开生命粗糙的茧，
一群扎堆的透明窗户，
一群扎堆的以往幻象，
以往时间的梦幻，
在球形屋顶下娓娓道来。
在一座巍峨直立的教堂里，
一个死去家族的父辈们
在此登上圆顶的顶端，
但他们的脸就像是窗口，
就像是渔网，留不住光，
一群信奉圣约的人一齐
站在一个黑色的切口上。
钢铁的平地，在轮子上行走，
把人装进麻袋托运，又成堆丢下，
一座玻璃宫殿，比长老的手杖还直，
抛出一条轴线，独自立于黑云之上。
房间是活动的，会像传送带一样走路，
一间间比邻的小屋，银色的警鼓，
尝到不自由滋味的快乐隐居者，
如平整的玻璃屋连成的条条蓝色纽带。

众多房间组成的高大树干
顶端开着骄傲之花,
照耀着山谷。
缠裹在霞光之中,
如次第升高的排箫耸立。
琴弦般的垂直线啊,
从高处向下俯视吧,
我将永远记取
透明的墙壁带来的欢愉。
城市的风啊,有节奏地拂动
这网眼和网格织成的巨网,
这一页页玻璃的书卷,
这轴线上的一个个尖顶,
这一片严谨的平面森林。
书页的宫殿,书卷的宫殿,
一卷卷展开的玻璃之书,
整个城市如一片镜窗的树叶,
严酷宿命手中的一只芦笛。
你用纤夫脖子上的背纤带
疲惫地拖拽着天空,
你将玻璃的峡谷掷向远方,
你像一本宽阔的书徐徐开启

玻璃容积的一页页剖面。
在这里,你用透明的画布垒起巨浪,
你疲惫地在地板上堆叠地板,
在这里,你透过狮子嘴巴倾泻话语,
你成长壮大,有如镜子碎片的集合。

—— 1920

给阿廖沙·克鲁乔内赫

地狱里的游戏和天堂里的劳动——
这是好科学[1]的第一课。
你可记得,我们曾一道
像老鼠一样
啃咬那不透明的时间[2]?
旌旗所向,无往而不胜[3]。

—— 1920

---

1. "好科学"即"好的科学"或"关于好东西的科学",是赫列勃尼科夫创造的一个新词。
2. 赫列勃尼科夫曾与克鲁乔内赫合作一部长诗。
3. 相传古罗马康斯坦丁大帝有一日看见天上有一个十字架向他显现,上书"凭此旗你可得胜"。

莫斯科的四轮马车

莫斯科的四轮马车,
上面坐着两条成虫。
马利恩戈夫的
骷髅地。
被打得皮开肉绽的
城市。
叶赛宁的
复活。
主啊,生小牛犊吧,
在狐狸皮大衣里!

—— *1920*

劳动的节日

鲜红的、鲜红的旗帜

在人群手中的长矛上游动。

这是劳动在行进,将步伐

赐予自己高抬的脚踵。

劳动周!劳动周!

衬衫的皮革磨得发亮。

歌声飞扬,实实在在,

讴歌工人们,而非奴隶们!

雄壮的、嘹亮的歌声

平息下来,当夕阳下

一个身影以有力的蹬踏

跳起特列帕克舞[1]。

前面刚用灵活的跺脚

完成一连串舞蹈动作,

胸中的歌便再次爆发,

仿佛自由的东方。

号手们在行进,

---

1. 俄罗斯一种顿足跳的民间舞蹈。

对着喇叭的铜嘴猛吹!

一条宽敞的大路

为快乐的魔法师们开启。

一名号手,身上缠着一条

蛇一样弯曲成弧形的号角。

这是蓝色的骠骑兵

将田野上黑麦穗的

金色魔法

泼洒在入睡的钢刀上。

劳动在行进,无忧无虑,

此起彼伏,

似油画上的火红文字

愉悦着城市的眼睛。

在一个坡度徐缓的广场上

铿锵地走着头上长角的一族[1]

——仿佛战神。

威风凛凛的黄色帽圈,

剃得光光的、从前饱受凌辱的

脑袋上

戴着黑色的羊皮帽,

---

1. 指戴头盔的红军战士。

波涛般的卷发
遮住了面颊,
威武的双腿裹着绿色的绑腿。
自由的战士们在寻找熟人,
每条步枪上都有根稠李树枝——
那是送给心上人的战斗敬礼。
草原谷地上驰骋的骑兵
多么凶猛和强悍!
锁链把广场层层锁住,
头顶上——一块红色面饼!
今天,一切那么明亮!
一面大旗如同一团赤焰
闪耀,舞动,在风中猎猎,
赞美风,赞美春天。
这是号手们在行进,
整个身体被固定在铜号上。
这是留着唇髭的人们在行进,
他们有着冷峻的粗犷之美。
仿佛强有力的铜号之女,
在诸神和众人之间
自由的芳邻——万千声音
冲向那天鹅的天空!

一条自由的大路
为快乐的魔法师们开启,
号手弯曲成弧形的号角
像蛇一样闪闪发光。
城市广场,仿佛少女
挥舞着红色的发丝,
风尘仆仆的络腮胡须
经过战争淬火显得更黑。
金子携着红色的鸟群
疾驰向前,疾驰向后。
一行行的火红翅膀
使人民的内心得到平复。

—— *1920*

高山魔法

我相信它的吼叫和针叶林,
松树的百年在那里静静地铺开,
每一年都有乘数且柔情脉脉,
好像活的神祇的娇宠,
我看见一顶宽大的帐篷,
我用自身愉悦别人并串起珠串。
一挂瀑布飞去收取贡赋,
您,仿佛春天的树枝,飞驰在
有鸭子浮游的蛛网般的河面。
好似夜幕下命运的庄园
您沉思默想着
所有星座处女地的北方。
头发的服饰盘绕上升,
每一根发丝都是一条太阳之路,
飞向我,要用太阳换取太阳。
白桦的苔藓是一把小锁,
而您是柳树的衣裳,
巧声吟唱着"唉!"
摇晃着脑袋的秋千。

你站到母亲的岩石上,
这块岩石
因大海和陆地而响亮,
所以我的后代才放声歌唱。
但我被夜的苍穹所洞悉,
目光敏锐的朝霞拉起我的手。
我走进一间孤单单的小屋,
我在那里养活自己。
忧伤,解下了风帆,
在女主人的痛苦被分担的地方,
运走了自己的各种名字,
流出了模糊的泪水,
一座得到保护的建筑物的窗户
连成的一条被研究透了的小路。
熔岩般的波涛滚滚而下,
严酷的激流
如足跟的道路
裹走了愿望的油橄榄。

—— 1920

荣耀属于你,人类的篝火

荣耀属于你,人类的篝火,
光明的篝火,燃烧吧!
你,湛蓝的父国,
在远方清晰可见。
莎士比亚的高傲城堡,
荷马的希腊神殿
在燃烧,在倾覆。
李太白的
迦梨陀娑[1]的
普希金的地主家园
在燃烧。
一个蠢笨之极、满脸泪痕、忍气吞声的孩子
——世界语言
站了起来。

——1920

---

1. 4—5世纪印度梵语诗人。

黑寡妇蜘蛛

弗兰格尔
通宵达旦地
编织包脚布,
他在准备一次进军,
以保卫沙皇的收入。
为了让商人们无羞无耻地
活得跟从前一样肠肥脑满,
而商人的婆娘们,永远不会
不戴项链就出现在人前,
为了他们的日子过得一如既往,
为了不劳烦天上的救世主亲自
把他们眼中的泪水烘干,
为了让一匹大走马无一例外地
把她们——妻子和情妇都带走,
救世主亲自操起剪刀,
一把剪掉了证券的利润。
有一种神奇的绵羊,
每年都可以剪一次羊毛。
"没有造物主的配合

谁都不能经商赚取钞票。"
男爵的血液[1]在躁动：
"我可是那些男爵的拯救者。"
只听一群乌鸦呱呱叫道：
"你会被生吞活剥！"
不惜损兵折将吧，前赴后继，
前赴后继，像海沙一样。
你们的同伙将葬身大海：
苏维埃的旗帜将高高飘扬。

———— 1920

---

1. 沙俄将军弗兰格尔系男爵。

艾尔[1]打头的词

当船舶宽阔的重量

洒在了胸膛上,

我们说:看见了吧,

纤夫脖子上的纤绳。

当石头们倦于狂奔,

如树叶落入山谷,

我们说——那是雪崩。

当波涛响动,击打海象,

我们说——这是脚蹼。

当冬天的雪留下了

猎人夜间的足迹,

我们说——这是滑雪板。

当波浪抚摸扁舟,

承担着人的负荷,

我们说——这是小船。

当宽大的蹄子

---

1. 字母"Л"的名称。此诗中,赫列勃尼科夫一口气列出俄语中 75 个艾尔打头的动词和名词,并巧妙地将之串连起来。

在沼泽中支撑着驼鹿,

我们说——这是脚掌。

当我们谈论宽阔的犄角,

我们说的是驼鹿和扁角鹿。

穿过声音嘶哑的轮船,

我看到了涡轮弯曲的叶片:

它推开沉重的水,

于是水的光线忘记了

应该流向何处。

当士兵胸前的铁板

抓住射来的箭矢,

我们说——这是披甲。

当花卉宽大的叶子

围捕着光线的飞动,

我们说——这是拖长的叶子。

当树叶成倍数增长,

我们说——这是树林。

当燕子纤长的羽毛

如蓝色暴雨的水坑闪烁,

鸟儿如负重的水洼流淌,

这善飞者的重量落在树叶上,

我们说——它在飞翔,

眨动着冒名者的眼睛。

当我躺在火炕上,

躺在草地荒芜的眠床上,

我的身体成为一只小船,

慵懒便降临在我的身上。

懒人,划船者或小船,我是谁?

这里,那里,到处洒满怠惰。

当手指汇合于手掌,

当轻风没有拂动树叶,

我们说——这是弱风。

当水是一块宽阔的石头,

是雪做成的一片宽阔的地板,

我们说——这是冰。

冰是水的白色树叶。

谁在奔跑时是直立着,

而不是像野兽那样趴着,

他就能得到一个称号——人。

我们用勺子汲水。

他是孤独的,是野兽中的佼佼者,

他的脊梁如白杨耸立,

而不是像野兽一样躺卧。

双腿直立行走者,

你通过人而获得名称。

手指并拢可以积水的地方,

我们说——这是手掌。

当我们轻盈,我们飞翔。

当我们,人们,与人同在,我们轻盈,

我们爱着。我们被爱——我们成其为人。

艾尔——这是轻盈的列利们[1],

是众多的点构成的崇高的暴雨。

艾尔——这是称斤论两的阳光,

射入一条大型单桅帆船的内舱。

是暴雨的丝线和水坑。

艾尔——这是一个点

自上而下的路径,截止于

一个宽阔的平面。

爱之中隐藏着

一个爱世人的命令,

而世人就是我们应该爱的那些人。

倾盆大雨之母的宠儿

是水坑之子。

如果一个点止步于一个面积的宽——这便是艾尔。

---

1. 古斯拉夫民族的爱情与婚姻之神。

因受力面积增大

而缩小的压强——这便是艾尔。

就是这样一个动力装置,

隐藏在艾尔背后。

—— 1920

啊，城市的食云者！携着镣铐的

啊，城市的食云者！携着镣铐的
篝火前行，有着鹰一样的尖嘴！
玻璃屋的喉咙发出的吼叫
比一千头公牛还要响亮。
你用一只桶不知疲倦地捕捉天上的空间，
把黑夜的风暴吸进众多屋舍的铁渔网，
供居住的玻璃帆，被街道的常春藤缠绕，
好像空桶一样宽阔。
玻璃峡谷，玻璃巉岩，那里萦绕着街道的醉意。
还那么忧郁，还那么笨拙
整个城市像一艘巨轮在奔驰，
那里片片白云悬挂于
绳索的迟缓的眼睛上。
仿佛从前植物走在绿色颜料的手杖上，
整个城市走在同一条小路上，——来自白色植被的植物，——
想要成为玻璃的草。
你用眼睛把黑夜的潮水抓进渔网。
当阳光照进这双透明的眼睛，
可见它们并没有欺骗任何人。

一位铁的玻璃肉身老者,
仿佛铁的鱼子酱
趟着一卷卷展开的书籍的河流,
柔韧、顽强而伟大。
一位玻璃酮体的老者,
他的头发——农舍上的农舍,
张开他卷发的蜂巢,
正午如一颗子弹在那里迷失方向,
吹胀手上的青筋,
将一张张的铁网
甩进夜的深处,
那里有数千双眼睛
似一个倔强的渔夫,
一团一团的网接续不断。
桥梁的蜘蛛捆绑了街道,
抛出结实的丝线的光芒。
你——会思想的火炉的城市,
和食音族的城市,
这里有辘辘作响的原木,
有轻柔呼哨的屋顶,
有晚霞和蝴蝶翅膀嗡鸣的晚餐,

在海岸线的浅滩上,
这里有一块块的石头——时间。

—— 1920~1921

萨彦[1]

一

萨彦在此波涛汹涌,
拍打着白垩的岸。
对往昔的沉思和时间
在此缄默。
上面有船帆惶恐地呼呼作响,
仿佛一幅开阔的油画,
一叶扁舟似辽阔的白昼
令河流的第二天空心神不宁。
你看见了什么?军队?
无言的祭司们的教堂?
或许是苦闷把你带到
那里,带进父辈的国度?
为何你变得郁郁寡欢?
你任凭水流把你冲走,
多亏一根长长的船桨

---

1. 萨彦:一个概括性的、具神话色彩的历史地理概念,意为上古多种族多文化的陆地交汇处,亦泛指发源于东、西萨彦岭的所有河流,此处指叶尼塞河支流赫姆奇克河,河两岸山势陡峭,岩石峭壁上刻有象形文字,亦称岩画。

把你从深渊中拖了出来。
你手撑着船桨的尾端，
站在那里，
迷惘的眼神一动不动地
盯着夜幕下的一处孤崖。
一个猎人走了过来，
他脱下身上的破旧的外衣，
向天空举起
捕兽器的祷告一样的双手。
他深深地鞠了三个躬，
这是游牧民特有的仪式。
"要明白，那是先祖的形象，
朵朵白云的近邻。"
在林涛阵阵的高处，
在松树琴弦铮铮奏响的地方，
一位画家灵巧地剪下了
父辈们的神秘的羊毛。
你的双眼，古老的神啊，
端详着墙上的裂缝。
荒漠的古老子孙放牧驯鹿
用绊马绳系住马的三条腿。
一群野性的驯鹿撒腿狂奔

追逐着冷峻肃穆的楔瀑[1],

父辈的文字在天底下凝固,

像童话中的鸟儿一样。

下面是莽莽苍苍的红树林,

如黄昏的山雀在歌唱。

由头驼鹿爬上山顶,

它有一种贫瘠的壮美。

它来见识与上帝达成的契约

写满各种符号的悬岩。

它用自己那双犄角的石头,

抚摸着黑色石槛。

它扯下一根树枝,咀嚼着树叶,

迟钝而疲惫地凝视着

以往的一切

那古老而又粗糙的线条。

二

可一个不知名的少年

竟拯救了一幅圣像画,

---

1. 楔瀑:原文为клинопад,赫列勃尼科夫生造的一个词,由"楔形文字(клинопись)"和"坠落(падать)"两个词合成,字面意思为"楔形纷落",即"楔形文字的纷纷坠落";该词与俄语中的"瀑布(водопад)"构词方式相同,此处试译为"楔瀑"。

就在比岩画带还高的地方,
在一棵白桦树上。
这幅圣像画虽然简陋,
却闪耀着古朴之美的光芒。
他将那张稚气的脸
俯向眼前宽阔的深渊,
像钉子一样趴在深渊边上,
多亏电闪雷鸣体谅,
他用一块木板遮住白桦背面,
他,着了魔一样,愣住了。
只见一只黑乌鸦在天上飞着,
忧郁地叫着,那么孤僻。
白桦通过纯洁的树皮
究竟对他说了什么?
深渊面对着了魔的大山
究竟对他隐瞒了什么?
他睁大一双异地的眼睛,
那眼里有座蓝光的花园,
他看着那里,那里,一挂瀑布
为自己开辟出一条夜间的河床。

—— *1920~1921*

大海

蓝色的帆船全力以赴,

与绿色的水下深坑殊死相搏。

喂,到夹板上去,沿海居民们,

喂,到夹板上去,渔轮上的水手,

湛蓝的好汉们!

受宠的风——啊哈哈!——

胳膊抡圆,扇出一记耳光,

船坐在四肢上,

降下帆,急速飞奔。

波涛奔腾——啦哒哒!

波涛奔腾——啊嚓嚓!

就像父亲的女儿们。

过了一个又一个海湾。

狂野的大海名副其实!

大海啊,大海,这可不行!

这些山谷,这些沟壑,

和这绿色的漩涡。

波涛的黑色漩涡,

乌云里的白云和密实的雪雾,

似白色的宠儿在漂游。
辽阔的大海翻滚着，
而天上挂着黑暗的幕布——
蓝色深渊的这只幼狼，
快乐的波涛的陀螺。
大海像陀螺一样旋转，
大海在做梦，在眨动眼睛，
兜售着一座座的坟墓。
我们这艘有固定渔网的渔船
出海乃是家常便饭。
两种液体在狂野地追逐，
两种都在泡沫和长衫中，
还有被波涛打坏的
剪纸的脑袋瓜，天鹅的头。
大海在哭，大海在哇哇叫，
闪电一闪即黑，敷衍了事。
怎么，我们野性的大雷雨
很快就要真正的偃旗息鼓？
很快星座将探出头来，
满怀敌意的风将消失影踪？
空中现出一个渔网上的大洞，
暴风雨开起玩笑，恶作剧，

天空把乌云变成了巨人。
喂,到甲板上去,沿海居民们,
喂,到甲板上去,渔轮上的水手,
你们真棒,善于赞美风!
风与大海若是失和,
会把我们置于险境。
船在拼搏,船感觉到疼痛!
风吹打着船头,
船的骨架在用力和颤抖。
纵使风施了咒语,风的仇敌——
祷告会像盾牌一样将你保护。
风,耐不住寂寞,亮出
北方白熊的爪子,扑了过来。
波涛威严地腾起,
在陈旧的愤怒中膨胀。
又一次,在波涛的击打下,
整个船身剧烈地摇摆。
明天,大海将变成一个懒汉,
太阳将给天空镀一层金。
暴风雨——去去去,暴风雨——去去去!
冷酷的南方变黑了,
夜的黑幕降临。

帆桨并用的平底木船来了，
末日来了。
船身好疼，大海好坏，
大海给船制造了多少痛苦。
波涛，这蓝色的快马，
在主人附近奔腾，
乌云的兔子在一只手上。
以波涛般起伏的白色胸膛
威胁着人们和无人之地，
充满了恶意，充满了无聊。
天空向乌云竖起中指，
喂，你，彪悍的甲板，
怎么有心事了，一言不发？
风用它的熊爪
抚摸着我们，爱抚着我们。
天空将是蔚蓝的，
而此时，我们感觉疼痛。
暴风雨飞奔，似一匹幼狼，
以大海的方式诋毁上帝。
而此时，啊呀呀，
我们在悄悄地向风祈祷。

—— *1920～1921*

如一群绵羊打着瞌睡

如一群绵羊打着瞌睡,
火的往昔之神——火柴,
在火柴盒中打着瞌睡,
为神性之火而自鸣得意。
枝头上一颗黄脑瓜的干水珠,
这可是祖先们的恐惧——
火的野性之神,双眼哀伤,
在红色毛发的暴风雨中。
闪电击中了父辈的草房,
橡树被劈开,冒着浓烟,
妇孺、老人、黑头发的新娘们
转身就跑,把手好像举到了天上。
风吹乱了他们的头发,
他们大声喊叫着跑进森林,
不得不面对野兽的獠牙,爬虫的撕咬,
成为小飞虫们的一道美餐。
洞穴在野蛮地燃烧:
窜出金色、绿色和蓝色的火舌。
深红的烈焰之神,红色睫毛中

一双狂暴的眼睛闪着绿色的邪恶，
被妻子一顿棍棒加身，
他挥舞一根蹩脚的棍子，拿全村撒气。
邻居们从洞穴中汹涌而出，趁火打劫。
长矛与短剑，战争的呐喊！
"上帝与我们同在！"吼声四起，
每一个人都要从上帝那里
窃得一根粗棍子和一头红色毛发。
"上帝与我们同在！"村庄烧毁了，
村民在树林中痛哭流涕。
曾祖父像狼一样嚎啕大哭，
当他眼睁睁地看着
农舍在瞬间化为乌有。
余火还在劈啪作响。
除了一堆灰烬，什么都没了。
人们睁着狼一样的眼睛
从黑暗中张望。哭吧，妻子！
可爱的农舍不复存在，
连同兽皮、鱼竿、长矛
和美味的鹿肉。
他匆忙跑进山里，逃生去了。

而斗志昂扬的子孙们

则唱起"我们与我们同在!"

他们制造出火柴,

看上去似乎有些愚蠢

却又充满神性的火柴。

他们征服了闪电,

把它关进一个狭小的空间。

"我们与我们同在!"他们

认真地唱起来,仿佛面对着死亡。

要知道,要知晓:"我们与我们同在!"

他们制造了火柴——

一群被驯服的神,

战胜了火的众神。

这是一场伟大、威武的胜利。

他们把闪电从天上

带给火炉,带给工作。

大雷雨的天空,乌云密布,——

第一盒火柴,

给世界带来威胁。

火的绵羊们在金羊毛中

温顺地躺在小盒子里。

从前它们就像洞穴的狮子

摇晃着金色的鬃毛,
凶残地撕扯和撕咬着人们。
而我则渴望胜利,
我要认真制造
命运的火柴。
安全的命运的火柴!
我将点燃命运,
把理智放到命运里浸一浸。
"我们与我们同在!"——命运的火柴。
来自宿命的火柴,命运的火柴。
谁是我的同志?
我将点燃命运,
为了生与死
无论需要点燃多少次。
第一盒
命运的火柴——
就在这里!就在这里!

—— *1921*

我真伟大。在我的理性中

我真伟大。在我的理性中
唯有我可以"打勾",——
伟大的罗马将陷入火海。
风将在拉丁圣殿里狂吼。
军事家们目睹大火,
将面带优雅的微笑
在殿顶诵读荷马的诗句。
我可以"打叉",——
拜占庭将付之一炬。
熟悉的诸神
将和蔼可亲地
从数字的马厩中发出嘶鸣
并抬起未卜先知的面孔。
马的朋友们啊!原谅我
常以你们的名义
敲打耳朵的砧骨。
仿佛一柱青烟,
各族的诅咒
将从一些方程式

流到命运的残酷之上。
他们是罪有应得,
没将宿命的未受训之马
送去学习,
为之戴上嚼子。

—— 1921

1789 年

好似民怨的麦浪,
仿佛沮丧的驯鹿之角,
七月十四日[1],手持长矛和火绳枪的男人们,
起义的锻冶场打造出的四万大军,
浩浩荡荡,攻打巴士底狱,——
他们身经百战,也英勇善战,——
攻打猫头鹰的黑塔,攻打刑场,
攻打歌曲与拷问的刑讯室,
"刑讯室的圣母"[2]在那里
如铁发丝绸咬住一个客人不放,
她点燃刑讯的日光,把他照亮,
而塔楼的白色颅骨好似花朵,
锁链上滴着鲜血的红花,
白色颅骨铺成地毯,红色锁链叮当作响。
再过3[4]加两天——十月五日[3]

---

1. 七月十四日,攻占巴士底狱的日子,法国大革命的开始。
2. 可能是指吉约坦断头台。
3. 巴黎妇女进攻法国国王官邸凡尔赛宫的日子。

集市上的妇女们

因为买不到面包充填篮子，

便转而去找国王。

他们占领了凡尔赛宫，充满爱情游戏、

鲜花和夜莺歌声之地，

优雅地寻欢作乐的树林，

在那里，穿戴考究的树木为自己剃须，

它们熟悉自己的刷子、剪刀，而花卉的生长

为的是最终写出国王的名字。

这是倒着说。

而再过 3^5——【1896 年 3 月 15 日[1]】。

由监狱转向家庭，由看守转向钟表匠。

依旧是那一颗星：3^5。

—— 1921

---

1. 这个日子在本诗语境中无对应解释，可能系笔误，也可能是作者有意走出法国大革命范围并寻找另外的相似历史事件。

假如你们要回避沙土

假如你们要回避沙土,
在昼夜颅骨睫毛河床中
这是一张意外的字条——
请给疲惫的人们一个轻吻。
沿着那些可控事件的河床
一步步,念念不忘地前行。
这是为第一批死者做的祷告,
为破碎誓言发出的祈祷之声。

—— 1921

爱情的弓弩

您是否愿意为我
成为用您翘起的发辫
做成的弓弦?
只要把我这支箭交给
两端经过烘烤的睫毛之弓,
我定会呼啸飞出,
胜似疾风暴雨。

—— 1921

我是时间的信使,我歌唱

我是时间的信使,我歌唱
时间的断裂和悬崖。
当我陶醉于自我,翩翩飞舞,
一切皆可成为天堂的诗篇。

—— *1921*

除了引力定律

除了引力定律,
还要找到时间的一般结构。
所有热情奔放的
太阳古斯里琴共同的调性,
时间微小的基本网格乃至整个网络。

世人啊!让我们把敌意
溺死在阳光里吧!
让敢想敢干的孩子们,
大胆的理性之子
穿上臆想星空的斗篷——我期待着。

—— 1921

水手[1]和歌手

你的小屋多么白净!
我跟你交上了朋友!
大海之手将我们提升到了
那样的高度,连理智都会眩晕。
我们面前打开一片新的天地。
我陶醉于我眼睛所见,
我准备向黑夜的救主说:
"老弟!"——
还要摸一摸
银河的小脑袋瓜。
过往是一本读过的书。
海上的兄弟们
用大海的嗓音向我喧吼,
天上的兄弟们
眨动儿童般顽皮的眼睛。
告诉我,是否已经该把
确实存在的亵渎锁进人间的博爱?

---

1. 可能是指鲍·亚·萨莫罗多夫,赫列勃尼科夫在巴库结识的好友。

并在敞开智慧的怀抱时大喊一声：
"群星——兄弟！群山——兄弟！诸神——兄弟！"
鞋匠们啊！整个
高傲的璀璨银河
就是衲在粗布鞋上的线绳。
人与群星乃是兄弟！
人们啊！让我们开辟一条路，
越过战壕，通向天空之力。
老掉牙的苦厄就此打住！
我们可以生出翅膀。
我，人类，我能教会
比邻的群星向我致敬！
"是的，两个。"我低沉地
对恒星们严肃地喊道。
太阳啊！伸出你的脚！
太阳啊！伸出你的脚！

晒黑的脸，风一样黝黑，
大海的衬衫的一角泛着蓝光。
您从何处来，水手？

大海宽阔的台阶

坠入宽阔的深渊的地方,

仿佛是利佐古勃[1]被处死,

未婚妻在某处悲痛欲绝。

河水向远方奔流,

已经被天空征服。

被阿里[2]处死的那些人头

就这样用死了的嘴巴

轻微而又倔强地告诉他们

爱戴的先知:"你就是神!"——

然后引颈就戮。

死在一条条腿的尘土中,

好像静静的死亡的晚祷,

此时,哭无可哭,梦无可梦。

——1921

---

1. 德·安·利佐古勃(1849—1879),俄国革命家、民粹派,"土地与自由"运动组织者之一。
2. 阿里(?—661),先知穆罕默德的表弟和女婿。

各大首都的请求

各大首都的请求:
"伟大的音响诸神啊,
你们在天上疾步奔走,
搅得地表躁动不安,
你们将人类种族的尘土
用波涛站立的绳扣系住,
用同一张网
收进一个个都城,
都城星罗棋布的网格
就是它们的平面图。"
"人们啊!
我们是伟大的音响,
我们令你们不得安宁,
我们给了你们连年战乱,
毁灭了一个又一个王国。
我们是狂放不羁的野马,
驯服我们吧,

让我们把你们送进
另外一个宇宙。"

—— 1921

雨

亮出耳朵上的烙印吧,

白鬃白尾的枣骝马,

当你在草地上踏步。

乌云的卷发,

黑夜的眼睛,

乌云的散点,

晚餐的女儿们,

长长的卷发

似渗漏和乌云

灵敏的念珠。

亮出耳朵上的烙印吧,

聪明的枣骝马。

这是迎面而来的夜间雷雨,

这是科学躺卧在眼睛之上。

向着自由世界,

追逐之子啊,

驾,驾,

真是一匹好马。

这是波高达或波达迦[1]

在用雨水的湿海绵沐浴。

嘿，溜蹄马，推出你的领袖吧！

—— *1921*

---

1. 波高达和波达迦，分别为塞尔维亚和西斯拉夫神话中的好天气之神。

午餐

杯子是含笑的眼睛!
一场世界游戏正在上演!
生与死的捉迷藏和躲猫猫。
死亡就藏在辫子后面!
剑光辉映着公牛的脖子,
好似月亮辉映着天空。
一个人
渔夫般坐在死亡的海边。
他的卷发,好似向日葵
在银色波涛中映出倒影。
将生命钓出来半小时。
一大块面包躺在那里,
好似伏尔加河强壮的岸。
好似一声责备,一片礁岩,
要让年迈的拉辛
站上去,如腾空的巨浪一般。
世界的波涛击打着
人世之岸。
肉的圣像

在嘴巴的骨架上方：

几个完整的灰面包

就是饥饿的圣殿。

死亡的阴云

如疲惫的波涛拍打着

人世之岸。

如美人鱼拍打和冲击着

人世的礁岩。

白昼穿着警钟的皮袄

匆匆而过。

像拉辛的影子一样

大步迈进都城——

子弹撒野，纵酒狂欢，枪声大作。

—— 1921

呼号吧,呐喊吧,捐献吧!

你们,把便便大腹放在两根粗木桩上,
你们,从苏维埃餐厅出来,摇摇晃晃,
你们可知道,一个幅员广大的地区,
此刻,有可能饿殍遍地?
我知道,你们耳朵皮厚,犍牛一样迟钝,
只有用棍子才能把它打动。
可是啊,难道是因为"饥饿的一周"
你们才会像骏马一样热衷于奔跑,
当整个国家的头上
高悬着死亡的魔爪?
一具具一具具的大小尸体
将眼巴巴地仰望天空,
而你们却能出门为晚餐
买一个硕大无比的白面包。
你们以为,饥饿就是只讨厌的苍蝇,
可以轻而易举地将它赶跑。
可要知道——伏尔加河流域正在大旱:
仅凭这一理由,就不该索取,而应奉献!
拿出你们的大圆面包

去捐给"饥饿的一周"吧,
献出你们食物的一部分,
救救那些一夜白头的人!
伏尔加河永远是你们的哺育者,
如今她奄奄一息,半身入土。
灾情危急,并有可能加重——
呐喊吧,呼吁吧,吹响号角!

—— *1921*

当代

各大灰色广场的围墙挂着项链[1]:
"违者就地枪决!"——
于是所有时代的新娘身上
燃起了仇恨的烈火。
疲惫的农民坚决不肯
往城里运送干草。
现在传来消息:门栓脱落了[2]。
死亡为在以往年代风光过的
所有人,登记好了顿河的水滴[3],
它会埋葬以往游戏的
金钱和利益的诸多世纪。
在这里,我们忘记了我们是怎么爱的,
少女们是如何亲吻先祖的,
而蒸汽机车将自己警觉的瞳孔的畜栏,
自己午夜的火光的眼睛
击得粉碎。

---

1. 见前注。
2. 见前注。
3. 见前注。

谣言四起，
一个聋哑人的嘴上
总共就一句话："靠墙站好！"——
好似鲸鱼喷气的瀑布，
泰戈尔和威尔斯[1]的创作高涨，
但是，旅行人啊，瞄准
世界的星空吧，就像木筏上的黑帆。
用谈话隐藏起凶手的刀子，
科学家们的百年统治啊，
你是用歪歪斜斜的铅字排的版，
就像克鲁乔内赫出的书。

——1921

---

1. 威尔斯（1866—1946），英国作家。赫列勃尼科夫对威尔斯和泰戈尔评价甚高，曾将他们纳入所谓"联盟317"或所谓"地球政府"。

人们啊！明天

人们啊！明天
让我们把一块大红的壁毯
悬挂在我们的窗户之上，
还要写上柏拉图和普加乔夫的大名。
先知、歌手和有先见之明者！
让我们借用那些
伟大湖泊的眼睛
仔细盯着这张壁毯，
以免对多数人铸成大错！

—— 1921

亚细亚[1]

始终为奴,却将诸王的祖国

放在黝黑的胸间

并用国家的标志

代替耳饰。

有时是未失贞洁的仗剑少女,

有时是暴动的接生婆——一位老妪。

你翻转那本书的书页,

上面是大海的粗笔写就的字迹。

人们在夜间挥毫泼墨,

枪毙国王是愤怒的惊叹号,

军队的胜利是逗号,

田野的狂放不羁是省略号,

而民众有目共睹的怒火

和千年的裂隙——是括号。

—— 1921

---

1. 《亚细亚》和《当代》两首短诗经作者扩充,写成了另外两首较长的同名诗作,并一同收进"超级长诗"《挣脱桎梏的亚细亚》。但这两首短诗仍作为独立作品行世。文字略有出入。

姑娘们,她们穿着黑眼长靴

姑娘们,她们穿着黑眼长靴
在我心灵的花丛中
阔步。
姑娘们,她们将一把把长矛
丢进她们睫毛的
湖面。
姑娘们,她们在我
词语的湖水里
浴足。

—— 1921

献给少女之美

啊,假如你们的明眸
能像皮靴筒那般闪烁。
啊,假如你们的嘴巴
能像呼唤牛犊的母牛那般悦耳。
啊,假如能在你们的秀发上
自缢而死
且脖子不会弯曲……

—— 1921

头发的破旧布条残忍

头发的破旧布条残忍。

黑油油的耕地——额头。

沼泽里过火的树墩——嘴唇。

野山羊的奶头——络腮胡。

大海的绳索——唇髭。

持黑扫帚的白雪姑娘——牙齿。

不眠之夜的蓝眸——

有如旧被单上的窟窿。

—— 1921

世人啊！让我们

世人啊！让我们
把敌意溺死在阳光里！
雄心勃勃的孩子们，
勇敢的理智之子，
穿着想象的星辰的披风——
我在等待这一刻。

——1921

铁匠卡维[1]

朦胧的夜色睡意深沉。
铁匠风箱呼吸急促,
在一堆灰色炉灰上方
用喉咙发出沉闷的鼾声。
手举红旗的铁匠们
围着一个半裸的身体,
仿佛一群接生婆
围着一个啼哭的婴儿。
红色的炉钳将食物——
熔化的铅锡
夹进他们的铁砧之巢,
一间深红的住所。
凶残的、深红的铁钳,
透过迷蒙的夜色,
亮闪闪,好似瞳孔,
仿佛另类自由的条令。

---

1. 或卡瓦,伊朗神话中的英雄铁匠,相传他用自己的皮围裙做成一面旗帜、率众起义,反抗暴君扎哈克。

它们，如一弯残月，如硫磺之蛇
从呛人的油烟中浮现，当空闪耀，
用赤焰为啼哭的孩子沐浴，
不时眨动通红的鬼眼，
透过一张模糊嘴脸的图纸。
夜间运动的窝巢，
被铁的血液洗刷，
由一些黑影纠结而成，
俯身于一团枯竭的炭火，
如小小的铃铛，敲响铁的歌哭。
凶残的炉钳
为劳动的曙光放歌，
那里，一条条灵巧的影子之鞭
忠实于乜斜的眼睛，
仿佛一张红网的影子
落在他们的肩膀上；
那里，一件深红色的围裙
用缤纷的东方图案遮蔽那些
生来即一贫如洗的红色身体，
而锤子此起彼伏的叮当——
孩子们嘴上的哨音——
残酷无情的炉钳，

眼睛一样深红的炉钳,
自由在夜间的淬火和焙烧——
如此颁布道:
"奉天承运,劳动一世诏曰……"

——*1921*

恩泽利[1]的复活节

处处是深绿的、金眼的花园,

恩泽利的花园。

这是柑橘树在生长,

这是酸橙

把金色的露水

洒在黑色的树杈和枝头。

有着蓝色树皮的

金鸡纳

爬满了蜗牛。

巴库就没有酸橙,

有的是纳尔根岛,

海鱼,欧鳇或鲶鱼

因而变得讨厌。

我记得一些故事

关于那些疯狂的潜海采珠人,

在惊惧的眼睛的天空下。

安静。阴暗。

---

1. 伊朗吉兰省的一个城市。

蓝天。

茨冈人的太阳升起，

在乳白的天空闪耀。

一个亚美尼亚人，

受雇于某个东家，

扛着一个小小的酒桶，

里面装着"吉吉"[1]。

伙伴们互相拥抱，喉音低沉：

"他在举办一场新的婚礼，

这个开朗贪杯的家伙。

他在举办一场新的婚礼，

这个开朗贪杯的家伙。"

就这样，一直到清晨。

嘹亮的歌声停息了。

听着，同龄人："托洛茨基"[2]来了。

传来"托洛茨基"的汽笛声。

清晨。都还在睡。鼾声如雷。

而波涛还在拍岸和歌唱。

清晨。一只乌鸦在飞，

---

1. 一种用葡萄酿制的伏特加。
2. 伏尔加—里海舰队的一艘炮艇名。

仿佛库尔斯克的夜莺,
在柑橘树的树巅上
鼓起胸腔,声嘶力竭,
歌唱故国俄罗斯的安宁。
在祖国,在北方,
人们管它叫老妖婆。
我记得,伏尔加河草原
一个野蛮的卡尔梅克人
语气诚恳地对我说:
"请给我那种钱币,
上面有一个老妖婆。"[1]

在巴库走累的双脚
在巴库已伤痕累累,
还遭到街头的男孩女孩们嘲笑,
如今要在伊朗的碧水中,
在石底的水库中洗净,
那里有一条条红得似火的金鱼
游来游去,一棵棵果树映出倒影,
仿佛无边无际的手臂的集群。

---

1. 指带有双头鹰像的俄罗斯硬币。

在佐尔嘎姆[1]的峡谷

砍掉哈尔科夫、

顿河和巴库的黑发。

无拘无束的黑发,

充满了思想和自由的黑发。

—— *1921*

---

1. 波斯北部一地名,1921年6月,赫列勃尼科夫曾以家庭教师身份,住在当地一地方首领家中。

劳动的那弗鲁兹[1]

我们再次成为人类最初的日子!

人们成群结队,

去过拜兰节,

好似文字游戏,

亚当跟着亚当[2]。

那里的金色丛林中

有查拉图斯特拉们,

而绿色的丛林也能言善辩!

这是五月的第一天。

我们没有忘记熟睡的言语,

在这样一个国度——在这里,

人们将某个月份称作阿伊,

阿伊在午夜的天空静静闪耀。

两个词语,两个阿伊,

两只鸽子在拍打

共同的神秘往事之窗……

---

1. 那弗鲁兹,伊朗的新年节日,在春分期间,赫列勃尼科夫将这个节日与五一节等量齐观。
2. 波斯语里"亚当"(小写)也有"人"的意思。

旗杆上一面红旗,

一面红旗从高处降下。

雄壮的劳动正在进行,

号手们得意地高抬脚跟,

身姿矫健地阔步行进,

对着棕红的号嘴吹出高亢之音。

劳动在无忧无虑地进行,

忽起忽落,此起彼伏,

用一幅幅油画的金色文字

愉悦着城市的眼睛。

身上缠绕着

蛇形长角的号手啊!

一条宽阔的大路

为快乐的巫师敞开!

旗手们沿着街道行进,

举着一个红色幽灵,

振作起来吧,所有疲惫的人们!

打倒那些好逸恶劳的人!

这是全世界的拜兰节。

远处,像是在俄罗斯自由的台阶上,

一座善妒的监牢关押着

严肃、忧伤的伊斯兰少女。

她们蒙着黑色的面纱,

热切盼望着她们的解放者。

一个兄弟在快速奔跑,

他手握长枪,随时准备射击;

他那些百战百胜的战友们

在身后追赶,如同马术表演。

他们黝黑的脸上裹着围巾,

他们的胸前挂着弹夹的铠甲,

倔强的坐骑疲惫地喘着粗气,

散发出山地队伍的强悍魅力。

他在树林、泥泞和岩石间穿行,

迎着风,跨越一片片灌木丛,

矫健的骑士在马背上

上下翻腾,身子骨如铁打的一般。

在山区游牧的黝黑战士们

就是这样握着短鞭

在阴暗树林低矮的穹顶下

友好地、友好地策马驰骋,

伴着激烈的枪声和巴拉莱卡的轰鸣。

—— *1921*

缘于黑暗的夜晚

缘于黑暗的夜晚,
生自泥土的白杨,
大海的柔声款语,
还有你,俱在远方。

—— *1921*

我与俄罗斯

俄罗斯给了成千上万的人以成千上万的自由。

好事情！人们将久久牢记这一善举。

而我干脆脱掉衬衣，

我头发的每一幢镜子般的摩天楼

以及城市躯体的每一个孔洞

都挂出了壁毯和大红的布匹。

国家我的千家万户

头发卷曲的男公民和女公民

纷纷在窗前聚集。

奥尔嘉们和伊戈尔们[1]

在阳光下欢呼雀跃，赤裸相见，

不用理会别人的意旨。

衬衫的牢狱瓦解了，

而我干脆脱掉衬衣——

让我的人民接受阳光的沐浴。

我站在海边，赤身裸体。

---

1. 伊戈尔，指瓦兰大公留利克一世之子，基辅大公伊戈尔·留利克维奇（公元912—945年在位）；奥尔嘉是伊戈尔大公之妻，曾在丈夫死后执政（公元945—960年），率先接受基督教。

我给了人民和晒得黝黑的人群
享受自由的权利。

—— *1921*

1905 年

不合时宜的子弹

敲响了警钟。

沙皇啊!开枪吧:

我们出来了[1]!

啊,伏尔加河,别投降,

顿河啊,快来帮忙!

卡马河,卡马河!你的鹰安在?

第聂伯河,你的额发何在?

这是一些魁梧的身体,

自作主张的宫廷访客,

这是一支黑麦般的大军

正慷慨赴死!

从前那些善良温顺的人

如今是憔悴、凶恶、绿色的脸孔,

不声不响地冲决了大堤,

潮水一般

涌向军队

---

1. 此处的"我们出来了"一语双关,也暗含未来派登上诗坛在意识形态上与 1905 年革命有关系。

亮出军刀的地方。

沙皇们居住的街道

来了一大批不速之客，

一向太平无事的街道

长久的宁静如今被打破！

这是人民挺直了腰板，

高举起自由的红旗！

该向何人收取枷锁的代价？

第一次和最后一次枪击做出了回答，

不是用柴可夫斯基的日祷，

谁听了心都会融化的旋律，

而是用可怕的铁器的日祷，

让雪地上尸体横陈的凶器。

宫廷，瞪着丧心病狂的眼睛，

宫廷，好像一个死人，

好像那位雷霆之父[1]，

用铅青色的嘴巴

亲吻"可爱的"人民……

他们汹涌而来，一浪高过一浪……

宫廷，在骨骼宽大和弯腰驼背的

---

1. 此处化用了列宾名画《伊凡雷帝杀子》中的形象。

科斯特罗马、梁赞、图拉上方

疯狂扫射,子弹发出致命一击。

人们双手捂住脸四散而逃,

血水透过指缝喷涌而出。

首都钟声齐鸣,

但过去的事情还会再次发生。

无名的铸铁歌手们——

那些御前大炮的炮口打开了:

这是父亲朝着那些

食不果腹的人们抡起了皮带!

谢列梅捷夫[1]发觉人潮退去,

便向铸铁歌手们

大手一挥,说道:"够了,射向

地下造反者的子弹已经足够!"

他们带着苍白、颤抖、忧郁的颌骨,

带着一个停下来的思想,

走在熟悉的石板路上:

"牛刀初试,难免失误!"

—— *1921*

---

1. 亚历山大·德米特里耶维奇·谢列梅捷夫(1859—1931),俄罗斯艺术赞助人和音乐爱好者,创办宫廷合唱团并担任指挥和作曲。

粗糙的语言

给你,塞进嘴里的粗棍子——
我的一个吻。
更红,
鲜红
如粗糙的花楸果。
红色车辕
四溅的飞沫。
樱桃红的花朵——
被轧坏的嘴唇。
空气发出刺耳的尖叫。

—— *1921*

疯狂的语言

椴木戈留姆,戈留姆。

权力的兴奋

蹂躏着一棵白菜。

两个思考的火炉

布扎姆,布扎姆可沃。

靴眼的可希和可索,

梳头的少女。

一把刷子,

一只皮靴——一个戈比!

去掉"马驹"

一词的词首

剩下的就是我[1]。

我歌唱:咯吱,咯吱布吱,

道姆,道姆莫姆,

马尤,麦尤契恩。

湿漉漉的海鲜冻,猪嘴羹。

坐到一个空窟窿上,

---

1. 俄语"马驹"(жеребенок)一词,去掉词首是"孩子"(ребёнок)。

掏出一面镜子。

哎呀,我的老天爷!你好啊,伊凡雷帝。

阿嚏!

这个窟窿等了我四个世纪。

——1921

我见过一位少年先知

我见过一位少年先知,
他俯身在森林瀑布玻璃般的毛发上,
长满青苔的一棵棵老树站在黑暗中,
像年长者一样严肃,
手捻着爬藤植物的念珠。
瀑布生育的玻璃母女的链条
像玻璃脐带一样飞进深渊,
水的母亲和子女在那里交换位置。
一条河在下方哗哗流淌,
树木用它们的枝杈的蜡烛
充填着峡谷空虚的容积,
世纪的巉岩字母般依序群集,
而白色波涛下的巨石
仿佛是森林少女的肩膀,
这正是修士为大海寻找的赤体。
他像拉辛一样发誓反其道而行之。
他会重新将公主丢进大海吗?
唱反调的拉辛在做梦。
不!不!那些大树就是见证!

用冰冷的波涛覆盖全身,
并识别出活生生的寒冷的语言和理智,
我们这位来自另一世界
来自冰的天体的少年唱道:
"自从我将波涛变成了人,
我便同佐尔嘎姆的美人鱼
缔结了永久的良缘。
此人用波涛造就了一位少女。"
树木发出连绵世纪的喃喃细语。

—— 1921

致青年联盟

俄罗斯的男孩们,你们像雄狮一样
整整三年,守护着人民的蜂房,
要知道,我欣赏你们,
当你们堵住劳动的窟窿
或者纵身扑向那里,
用赤裸的胸脯
挡住呼啸的子弹。
到了哪里都快乐和年轻,
浅色头发的你们
直接睡在大炮上,
你们寻求饥饿和寒冷,
忘记了被窝和枕头。
年轻的雄狮们啊,
你们就像是水兵,
顶着枪林弹雨
用自己身体的臂肘
代替铁塞
勇敢地堵住随时可能
炸飞的锅炉上的弹孔。

手臂在嘶嘶作响和冒烟,

大海散发着热气——怎样的热气?

那是一种罕见的热气,人肉的味道。

然而蒸汽被人体锁住了,

蒸汽再也飞不出来。

接着军舰射出了更有力的炮弹。

年轻人啊,你们不止一次

对世界的猫头鹰高喊"滚开!"

给你们一个忠告:

勇敢地爬到前辈的肩膀上吧,

他们所做的,不过是台阶。

站得高看得分明。

用较少时光雕刻出的

你们的眼睛

会有更多更远的发现。

—— 1921

伏尔加河啊,伏尔加河

伏尔加河啊,伏尔加河!
可是你抬起死尸眼睛
将目光停留在我身上?
可是你用村庄的眼神射杀
那些晚间失踪的孩子们的捕猎者?
可是你举起了那些注定要睡去的
自食者村庄的死松鼠,
在暴风雪的睫毛中,
可是你举起隐没在大雪之中的
你各个城市黯淡无光的眼睛?
可是你用被毒打的乡村的惨叫
嘟囔着你含混不清的话语?
居民都不见了——都走了,
仍不忘谈论自由。
你抬起的可是一个盲人
那双失明的眼睛?
是这样!伏尔加河,有时也会
像一个母亲,一匹雌性的野狼
将毛竖起,

当死亡逼近

孩子们的床头——

如今,她自己就在怯懦地吞食孩子,

把他们像柴禾一样扔进时间的火炉!

是谁打瞎了你的眼睛?

告诉我,这不是真的!

告诉我,这不是真的!

就为了按行计算的五戈比硬币!

伏尔加河啊,你要重新成为伏尔加!

尽你所能,毅然决然地

盯着世界的眼睛!

饥饿之城的公民们。

饥饿之城的公民们。

莫斯科,饱足的诸世纪的孤岛,

在饥饿的浪涛中,在饥饿的大海里,

升起救助的风帆吧!

划船人啊,再友好一些,奋力挥桨吧!

—— *1921*

那一年,当姑娘们

那一年,当姑娘们
第一次把我称作老人,
喊我:"爷爷",我顿感受到
奇耻大辱,仿佛上的一道菜,
无可挑剔,顾客却没吃完,
我用一个又一个长夜的双手
在一家又一家的疗养院,
在纳尔赞[1]矿泉的溪流里,
为自己冲淋,将自己浸泡,
我变得结实了,健壮了,
把散架的身子骨收拾成一体。
手上出现了青筋,
胸围也变宽了,
参差不齐的胡须
遮住了我的脖颈。

—— 1921

---

1. 一种著名矿泉水的名称,原产地在北高加索的基斯洛沃茨克,有保健和医疗功效。

工厂：炉叉的颌骨，硕大，沉重

工厂：炉叉的颌骨，巨大，沉重，
夹走铜，夹走铁，夹走锡；
火——黑夜的主宰——嘶吼；
一只只红如烈焰的螨虫；
一台台铁锅炉里的开水
像血的唾液一样滚沸；
它无意中点燃了一棵树，
树嘶嘶作响，想喷出火舌！
炉叉用钳子夹住矿石
随即被皮带拉走。
矿石这笨拙的乡村小姐
以巨人的庞大身躯
在一只大桶边上坐下，
从一个大杯的口中吞铁！
在炉子与黑暗较量的地方，
我听到一个声音——黑麦的，像是麦穗：
"切莫将我，母亲啊，
打造成有钱人家的装饰！
你要将我，母亲啊，

打造成姑娘床上的物件!"

它在熔炉旁唱起乡村的歌,

那里的一切——甚至衬衫——一团漆黑。

一把不祥的大锤唱响警报,

矿石前前后后往来穿梭!

始终佝偻着,披着黑色鬃毛,

泼出一团火,为了变得更俊俏。

—— *1921*

而我要去西藏,去找你

而我要去西藏,去找你……
我要在那里找一间小屋——
天空为它遮起顶盖,
风为它筑起篱笆,
天花板透出盈盈绿意,
地板上开着绿色的花朵。
我要在那里抚慰我的遗骨。

—— *1921*

这是蜂神们投奔我们

这是蜂神们投奔我们
加入人类的一年,
蜜蜂的圣像
工蜂的圣像在神龛里
眼含着硕大的泪花,
闪烁着硕大的翅膀,
像是一些异样的神祇。
大雷雨般严峻、残酷,
而我对此一无所知。

—— 1921

虱子们笨拙地向我祈祷

虱子们笨拙地向我祈祷,
每天早晨都在衣服上乱爬,
每天早晨我都要处决它们——
请听这咔哧咔哧的声音,——
可它们不怕,还会卷土重来。

我把我白色的神性大脑
献给你了啊,俄罗斯:
成为我吧,成为赫列勃尼科夫。
我把横梁和立柱打进人民的头脑,
我建起一间打了地基的陋室
——"我们是未来人"。
我做这一切形同乞丐,
形同一个人人唾弃的小偷。

—— *1921*

树

树啊,生长于泥土,你可会觉得耻辱?
因为惧怕泥土,
你嫌弃地提起衣服,
露出长满青苔的树干,——
绵羊在树下翻拱,留下一撮额毛——
你举起一树枝条——像举起一首战士之歌,
举起一个庄严的传说,
一部关于诸神的壮士歌
和红场上自由人的齐声高歌。
我深知,绿色蜡烛的日祷
比起伸向人民领袖们的自由之手
终究相形见绌,黯淡无光,
所以我大声说——好!

—— *1921*

空气就像一块旧玻璃

空气就像一块旧玻璃,
被劈成一根根黑色枝条。
向秋天的圣母祈祷吧!
秋天的礼拜堂的窗户
被飞奔的子弹击碎,泛起涟漪。
树木如松明在金色空气中燃烧。
弯曲,倾斜。
秋天的燧石怒气冲冲,
敲打出金色的白昼。
森林在祷告。各种金色的气味
顷刻间坠落。
树木一字排开,如一把把耙子
搂起一抱抱太阳的干草。
秋天的树铮然有声,
好似俄罗斯铁路平面图。
金秋的风
把我吹散。

—— 1921

未来的莫斯科[1]

一个个房间

在劈啪作响的机翼的爪子里

比被猫头鹰抓住的老鼠还温顺,

它们飞进空空的骨架和蜂巢,

飞进人居和酿蜜的蜂房——

严酷的居民们

废弃的蜂箱

丢下的蜂窝。

昨日还有一间居室

在密西西比河上空,

在扬子江飞扬的尘土中高悬

和翱翔,用懒散的目光瞥一眼

快乐和休闲的宫殿,

神圣的休闲的宫殿。

宽敞、巍峨的宫殿矗立,

伴着飞走的一间间小屋的歌吟,

---

1. 有学者认为,赫列勃尼科夫此诗中描述和想象的情景预示着直升机的诞生。

如一片秋天的树叶，

整个被一次次飞行咬得千疮百孔。

一片城市的树叶，

被飞行的蛆虫咬得千疮百孔。

衰朽的秋天的树叶

如内里已经完全烂掉的

透明的骷髅一样漏光。

纵使居住的细胞组织飞走了，

那筋腱的透明图案

和骨架干枯的图纸

仍被秋天的落叶留存。

如带花纹的树叶的枯掌，

懒散的宫殿

竖起一面宽阔的玻璃之帆。

它耸立在奥卡河畔，

显眼的黑色中空凹槽，

一个个空位围起的篱笆，

长了翅膀的村庄的

一口口深井围起的格栅，

就像是一群离场的人

腾出的众多椅子：

"阳光屋们在此议事,
玻璃房们在此集聚。"

—— 1921

群星的茨冈人

群星的茨冈人
铺开宿营地,
在白塔群集之处。
它们落入达格斯坦,
多山的达格斯坦
接纳了白铁塔的营盘,
那些尖顶的帐篷。
古老火焰的精灵们
好似一群仆人,
忙得不亦乐乎。

—— 1921

群星的茨冈人（异稿）

群星的茨冈人
铺开宿营地。
那群圆塔安在？
它们落入达格斯坦。
多山的达格斯坦
接纳了白铁塔的营盘。
而明天一早白塔的帐篷
将旋风般撤离此地。

—— 1921

克鲁乔内赫

伦敦的一个小小幽灵,
三十岁的男孩,穿着硬高领衬衫,
机智、热情、灵活,
将灰色岩石的白发居民[1]
嫁接到西伯利亚的召唤"乔内赫[2]",
你灵巧地捕捉着异国的思想,
为了善始善终,哪怕自我毁灭。
一张英格里希[3]的脸,
厚厚的会计账簿的奴隶,
被数字搞得焦头烂额。
嗅觉灵敏的出版商,
不修边幅、粗心大意、心口不一,
却有着一双少女的眼睛,
有时还脉脉含情,就是他
推出了那本丢人现眼的书信集。

---

1. 指一种鸟,即沙鹬。沙鹬的俄文与克鲁乔内赫姓的前半部分书写和读音近似。
2. 克鲁乔内赫姓的后半部分。以 -ых 或 -их 结尾的姓氏带有西伯利亚姓氏特征。赫列勃尼科夫此处有调侃意味。
3. 英语"英国人"的意思。

实足的诽谤家和恶作剧,
喜欢人身攻击。
您是一位令人着迷的作家——
布尔柳克的反面分身。

—— 1921

罗斯,你整个就是严冬里的一个吻

罗斯,你整个就是严冬里的一个吻!
夜间的道路蓝光莹莹。
被闪电连起的一对嘴唇蓝光莹莹。
他和她一道蓝光莹莹。
每到夜暗时分,便有一条闪电
不时从一对嘴唇的亲热中升空。
没有感觉的闪电蓝光莹莹,
灵巧地骤然间跑遍两人的皮袄。
而夜色迷离,青幽又聪明。

—— 1921

伊朗之歌

话说伊朗有一条小河,
深深的河水碧波荡漾,
河水有股甘甜的味道,
水里打着一根根木桩。
两个怪人常来河边转悠,
还不时地朝梭鲈鱼开枪。
他们瞄准鱼的脑门,
站住,乖乖,别动!
他们举着枪,边走边说……
我相信,我没有记错。
他们会熬鱼汤,但口福太浅。
"这不是生活,而是洋铁罐!"
一架飞机在空中盘旋,
那是白云的好汉兄弟。
能变出一顿美餐的魔法桌布
和飞机的贤妻在哪里?
是无意中延误了,
还是已经身陷囹圄?
我早就相信童话:

从前的童话可以成为现实。
然而,一旦那一天到来,
我的肉身将化为尘土。
当扛着大旗的人群从一旁
欢欣雀跃地齐步走过,
被埋入地底的我将会醒来,
泥土中的头骨耐不住寂寞。
或许我会把我的全部权利
投进未来的炉火?
嘿,变黑吧,牧场的青草!
化作永恒的石头吧,小河!

—— 1921

伊斯法罕的骆驼[1]

一

大腹便便的

铜骆驼啊,

成吉思汗的后裔将你打造。

在干燥的、簌簌作响的白纸沙漠里,

在书桌的沙漠里

你驮着带刺的思想之搭子——

可是铁匠无意中忘记了给你做一副嚼子?——

你是要去往流水如墨水一样哗哗作响的地方,

去往墨水之湖的岸边,

在拔都时代的一棵树下,在垂挂到作家

眼睛上、额头上的树枝锥形垛下,

有如作家发巢的一窝雏鸟,

这位作家赋予古代的加利利

---

1. 此诗的灵感来源于东方学家和伊朗学家鲁·彼·阿比赫(1901—1940)的一只骆驼形状的墨水瓶。赫列勃尼科夫自注:作家的手法能将读者的心灵调到同一振动次数。将振动次数的货物从一个心灵转运到另一个心灵的任务落到了一头伊斯法罕的骆驼身上,当它把沙漠的沙子换成了书桌的平面,把活生生的血肉换成了铜,给自己身体的两侧画上了快乐的小姐们,她们并不害怕手里端着酒盏。于是乎,置身于阿比赫同志家中的一头骆驼,便命中注定要用自己的驼峰驮着作家心灵和读者心灵中的主要精神之声的平等。

一条条乡村大道的棱和角。
你驮着平等，一如驮着搭子，
你急速奔走，在书桌的深渊上方
将时间停住，——
那里瞥一眼都令人毛骨悚然，
好让墨水哗哗流淌的声响，
那是自来水管——
沙暴的呼吸，
将平等赋予一堆篝火
和那些如万马奔腾的墨水之河
冰冷的父亲眼中的
一团智慧之火，
赋予一个诵读者镜子般明净的烈焰，
他的笔迹在低声吟唱理智，
就像吟唱一把铜号——夏里亚宾的嘴唇，
那令观众如痴如狂的嗓音。
你，干枯的皮肤下面的铜肉
在快乐的妇人们带花纹的标本中，
若有所思地穿行在桌布上，——
一个可怕的影子将你环绕。
在先前的一次轮回中，
你可能是一把刀。

如今,在一颗颗沙心中

你要携带一把思想之刀!

有所发现的人们,

离岸启航的人们,

割断拉什特城[1]中

各种事件的纽带吧!

一只丢失了字母"哈"[2]的鹰

曾经展翅飞翔的

古老的德意志之鹰

正在寻找它,

在乌克兰的"难道"[3]中寻找它,

在黑麦穗[4]中寻找它。

大步迈过

亚细亚的沙漠吧,

被解放的个性的幽灵在那里出没,

---

1. 伊朗城市。
2. 俄语字母 X 的名字,相当于德语 H。此处暗指阿比赫。阿比赫有德国血统,德语"鹰"(habicht)去掉首字母即为阿比赫的姓(Абих)。
3. 作者的文字游戏:阿比赫的姓与德语的"鹰"和乌克兰语"难道"(хіба)的倒读谐音。
4. "黑麦穗"有可能暗指作者本人:赫列勃尼科夫这个姓氏来源于 хлеб 一词,即面包、粮食、谷物之意。

叮叮当当地召唤着干枯的理性。

二

从前,骆驼队用羊皮袋,
运送恒河的圣水,
将它注入野蛮人的伏尔加河
那铅青色的涓涓细流,
而今这头铜骆驼
命定要将伏尔加河的水
运送到恒河[1]。
可不要洒掉了啊,
书桌沙漠的旅行者,
装着墨水的小桶!

—— *1921*

---

1. 赫列勃尼科夫认为,波斯是印度和俄罗斯之间的纽带。

波斯之夜

海岸。

天空。群星。我心平静。我仰面而卧。

而枕头——不是石头,不是羽毛:

是一只满是窟窿的水兵靴。

在红色的日子里,萨莫罗多夫[1]穿着它

在海上发动了一次起义,

他把白军的舰船劫持到了克拉斯诺沃茨克,

劫持到了红色的水域。

天色渐暗。黑了。

"同志,过来,帮把手!"

一个伊朗人喊道,黑脸膛,铁打的一样,

将一大捆枯树枝从地上拎起。

我勒紧皮带,

帮他把枯树枝扛到背上。

"萨乌尔!"(俄语"谢谢"的意思)

---

1. 鲍里斯·叶甫盖尼耶维奇·萨莫罗多夫(生卒年不详),巴库人,当过水兵,赫列勃尼科夫在巴库时的好友,曾于 1920 年在"澳大利亚号"巡洋舰上发动起义。诗人在巴库期间热恋过他的妹妹尤莉亚。

随即消失在黑暗中。

我则在黑暗中

轻声说出一个名字：迈赫迪[1]。

迈赫迪？

一只瓢虫

从漆黑喧闹的海面上

径直向我飞来，

在我头上转了两圈，

然后收起翅膀，落在我头发上。

它静静地一言不发，

然后又突然发出吱吱声，

用我们俩都理解的语言

明白无误地说出一句熟悉的话。

坚定而温柔地说出一句自己的话。

这就够了！我们彼此心领神会！

我们用瓢虫的吱吱声

签署了一份夜的黑暗合约。

瓢虫升起帆一样的翅膀

飞走了。

---

1. 伊斯兰名字，意为"真主安拉派来的救世主"。

大海抹去了吱吱声和沙滩上的吻痕。
这是真的!
此事千真万确!

—— *1921*

波斯的橡树

一棵橡树

仿佛一只空瓦罐

在交错的根系的桌布之上

举起一簇百年之花

和一个隐修者的洞穴。

枝头窃窃私语,

从中隐约可以听出

马克思与马兹达克[1]

意见达成了一致。

"哈马呜,哈马呜[2]!

呜啊嗬,呜啊嗬,大王!"

胡狼们奔跑着,好似野狼,

相互鼓舞着,振作精神。

不过那些窃窃私语的枝头

依然记得拔都时代的歌吟。

—— 1921

---

1. 马兹达克(约450—529或531),波斯拜火教改革家和先知,被认为是人类历史上最早的社会主义者之一。
2. 男性人名。

拉

拉[1]，在铁锈色的一潭死水中看见了自己的眼睛，
他，静静地观察着自己的梦，观察着自我，
通过一只正在偷吃湿地禾谷的小老鼠，
通过一只正在吹起白色气泡以示成熟的小青蛙，
通过一棵划伤了一位少女腰部的绿草，那位少女正为
收割生火和家用的苔草而弯腰挥镰，
通过一群因吐水而惊扰水草的鱼儿，往上喷吐气泡的鱼儿。
拉，被伏尔加河的眼睛环绕。
拉——在万千动物和植物中得到延续。
拉——是一棵树，有着鲜活的、奔跑和思考的、发出飒飒声
　和呻吟声的树叶。
眼睛的伏尔加河，
万千双眼睛注视着他，万千双眸子凝望着他。
而正在浴足的
拉辛，

---

1. 拉，埃及神话中的太阳神。

抬起头来久久地注视着拉,
紧绷绷的脖颈因而红成了一条细线。

—— *1921*

夜的滋味——你将这些星星

夜的滋味——你将这些星星
吹进一个个狂暴的鼻孔,
在海水躺在钉子上,
用泡沫摇撼言语的地方,
你戴着干草做成的
绿色的缠头
从一旁走过——
我的烧焦的老师啊,
黑黢黢的,跟过火的劈柴一样。
而另一个人迎面走来,
他累了,就像整个东方,
我发现,他的手上
有一朵采来的红花。

——1921

一条水流清冽的小河

一条水流清冽的小河,
我像一个疯狂的毛拉在那里奔驰,
心旷神怡。
契卡在四十俄里开外传讯我。
迎面撞上一群毛驴。
一个骑驴者扭过头来。
我们一起跑了五俄里。
"吃吧!"他掰下一块金灿灿的馕,
一边走着,一边递给我一块湿奶酪和一串蓝色葡萄酒,
一窝蓝色的蛇蛋,
只是没有母亲。
我们继续赶路,边走
边享用上天的馈赠。
马儿们并辔而行,身子贴着身子,鞍子擦着鞍子。
我的同伴嘴角上挂着淡淡的微笑。
"吃吧,同志,"一边走,一边又递给我一串大海的眼睛。
我们两人就这样一路走到山脚下,接受传讯。
水牛干酪在我口中窸窣作响,
然后是纯净的袋装葡萄酒和金灿灿的面粉。

旁边是茂密的森林，古老的树干
从头到脚缠满了愁眉苦脸的啤酒花，
只有子弹一样狂奔的野猪才能将它撞穿。
星星点点的篝火变暗了，剩下白色的灰烬，骨头。
有时，数以千计的绵羊，在牧羊人的引导下，
有如洪水，有如大海黑色的波涛，
迎面朝我们飞奔而来。
深色的峡谷骤然间失色。旁边的河水变暗了，
在上千块石头上翻滚着湛蓝的花边。
周遭也突然变暗，罕见的水滴之网，
冰冷的水滴外套
立即遮盖了我们。那威严的峡谷
突然耸立起来，像是另一读者的一本石书，
向另一世界的眼睛打开。
山村散落各处，一间间土石房
仿佛是一些我们看不懂的字母。
那里有一块红色的石头，朝天空耸起，
高度有半俄里，至今仍有人阅读。
但我在空中没有发现阅读者，
尽管他似乎就在附近。
也许他是被大雨的缠头遮住了。
河流在下方哗哗流着，像是在例行公务，

一棵棵分散的树木更突出了高度。

而最近十万年的石头公报

显得那么红润,还没有被揉皱。

那是集市的叫喊?或是温柔而朦胧的爱情描写?

石头报纸上空白云朵朵,仿佛双手的十指。

那一行行石头一样硬的新闻稿

端正地悬在那里已有几多世纪?

过了一天,契卡结束了多余的传讯,

于是被契卡驱逐的我,登上了开往巴库的火车。

河水蜿蜒流过的一道道峡谷

装进一只只骤然变空的袋子,

在那里,幽暗在为天空效力。

我认得出那一座座植物的圣殿,

大小官员和各色人等。

我在那里摘过野葡萄,

双手留下了累累扎痕。

我走了。

我爬过的峡谷,空河床的袋子,植物圣所的藏身之地,

花园里的老梨树,上面有一朵众神之花——槲寄生[1]铺展开了自己的城市,

---

1. 槲寄生,一种寄生在树上的灌木,在印欧神话中是一种神圣的植物。

开出一朵朵鲜艳的红花,用另一血统的乡村折磨着

　　这棵大树,——

别了,所有这一切!

别了,那一个个黄昏,当夜的诸神,白发牧羊人,将自己金

　　色的羊群领回山村。

水牛们奔跑着,牛奶的气味像树一样升向空中,走向一片片

　　云彩。

别了,睫毛的黑栅栏后面,母水牛那双蓝黑的眼睛,

母性的光辉从中流淌,照耀着牛犊,也照耀着人。

别了,夜的黑暗,

当黑暗和水牛

被同一片乌云染黑,

且每个夜晚我的手

都会碰到它们陡直的犄角。

别了,眼神忧伤

步履迟缓的妇人们

头顶的水罐。

——*1921*

一束金灿灿的发丝

一束金灿灿的发丝
仿佛大俄罗斯的白昼。
一只原野的眼睛
被浅灰色的光芒围起:
这是圣母的蓝天之泉
突然间喷涌而出。

—— 1921

歌谣是进入另一颗心的阶梯

歌谣是进入另一颗心的阶梯。
牧草的纤维后面
是牧羊人一双圣洁的眼睛。
莫不是你在拔都的路上
寻找那些陌生的人们?

——1921

淡蓝色的小铃铛

淡蓝色的小铃铛
叮铃作响,似温柔的回声,
从一句轻轻的"我爱你"中
飞出的第一批小鸟。

—— *1921*

一个偏远的小站

一个偏远的小站,

上书"霍普雷"的站名,

风在那里丢下"沸腾",

并把"水流"抛到地面,

三岁的野风,

风啊,风,

摧毁一只洋铁罐,厉声道:

"这就是你们的生活!"

所有的弟兄们,齐心协力,

高喊着"一二三,一二三……",

将脱轨的列车重新

推上铁轨——可以走了!

我们全都高兴地异口同声说:"听令!"

宿命啊,能否给个笑脸?

—— 1921

莫斯科啊,你是谁

莫斯科啊,你是谁?
你在施放魔法还是中了魔法?
你在打造自由
还是受到奴役?
怎样的思虑让你额头皱起?
你是世界的阴谋家,
你,或许也是通向
另一些时代的明亮窗口,
也可能是一只老练的小猫:
可是科学下令将那些
聪明绝顶的科学家,那些
终日伏案皓首穷经的学究
当着学生们的面
押到锋利的剃刀下受刑?
啊,另一些世纪的女儿,
啊,小小的火药桶——
炸掉你们的枷锁。

—— *1921*

饥饿

为何林中跳跃的驼鹿和兔子
越来越远离我们?
人们吃光了山杨树皮,
吃光了云杉绿色的嫩芽……
妇女和孩子们在林中转悠,
采集白桦树的叶子,
回家做菜汤、冷杂汤、红菜汤。
采集云杉的嫩叶和银色的苔藓,——
这都是森林馈赠的食物。
孩子们,森林的侦查员,
在密林中到处转悠,
在火堆上烧烤白色的爬虫、
兔白菜、肥毛虫
或者大蜘蛛——它们比榛子好吃。
他们捕捉鼹鼠,灰色的蜥蜴,
用箭射杀那些咝咝响的两栖爬虫,
用滨藜来烤面包。
饿了就去追赶小蝴蝶:
抓了满满一口袋,

今天可以烧一锅蝴蝶红汤——
妈妈会烧的。
孩子们因为饥饿，
睁着大大的、圣洁的眼睛，
紧紧盯着林中一只
柔软地跳来跳去的兔子，
仿佛是在梦中望着
一个光明世界的幻影，
并对此信以为真。
不过兔子会逃掉，如灵巧的幽灵，
钻进松林，只露出黑色的耳梢。
一支箭朝它射了过去，
但为时已晚——一顿美餐
就这么从手边白白溜掉！
孩子们仍旧痴痴地站在那里……
"一只蝴蝶，刚露脸就飞走了……"
"快去抓，去追！那边有只蓝色的！"
林子里光线阴暗。一只狼
从远处跑过来，
跑到去年
它吃过一头羊羔的地方。
它就像一个陀螺，

转来转去，嗅来嗅去，
却一无所获——都让蚂蚁代劳了，
——就剩下一个干巴巴的蹄子。
大失所望的狼，收紧瘦骨嶙峋的肚子，
灰溜溜地离开了森林。
它得到别处去，用它
沉重的爪子摁住
在雪地里睡着的
红眉黑琴鸡和灰胸松鸡，
哪怕溅得满身是雪……
一只小狐狸，毛茸茸的火狐，
肉团一样爬上树墩，
伤心地思考未来……
难道要变成一条狗不成？
难道要去为人效力？
到处天罗地网——万一掉进去……
不，太凶险，他们
会像吃狗一样吃掉狐狸！
村子里已经听不见狗叫……
想到这，狐狸用爪子捂住脸，
尾巴翘起，似一片红帆。
一只小松鼠开口埋怨：

"我的榛子和橡实哪儿去了?——
我不是圣人,也要吃饭!
全给人吃光了!"
静悄悄,透明,天已擦黑,
一棵松树以窃窃私语
同一棵山杨树接吻。
很可能明天它们就会
被当作烧早饭的柴禾砍掉。

—— *1921*

假如我把人类变成时钟

假如我把人类变成时钟,
并展示世纪的时针如何走动,
难道从我们时间的条形地带就不会
飞出无用的伊日察[1]一样的战争?
在那里,人类自作自受染上痔疮,
数千年坐在战争发条的座椅上,
我要讲给你们听,我从未来之中
察觉到了我的超人类梦想。
我知道,你们是虔诚的狼,
我要让你们的手与我的手相握,
可难道你们听不见命运之针
这不可思议的裁缝的窸窣之声?
我要用我的全力,用思想的洪水
淹没一切现存政府的高楼大厦,
我将向老实愚笨的奴隶们敞开
童话般拔地而起的城市吉捷日[2]。

---

1. 古斯拉夫语和古俄语最后一个字母的名称。
2. 俄罗斯神话传说中的一座乌托邦城市,据传消失于1236—1242年第二次蒙古入侵期间。

当那一帮地球球长们好像

绿树皮一样被丢给可怕的饥饿,

每一个现存政府的螺丝帽

都将听命于我们的螺丝刀。

当一个蓄着胡须的少女[1]

抛出一块应许的石头,

你们会说:"这可正是我们

世世代代朝思暮想之物。"

人类的时钟啊,滴答走动吧,

一如我的思想的指针!

一些人的长大仰赖政府的自杀,

而另一些人的长大则通过读书。

地球将是无人统治之地!

地球球长理事会的杰作!

假如说诗歌对它而言就是无根草:

我讲给你们听,宇宙就是

数字脸上带烟黑的火柴。

---

1. 此形象与古代宗教有关。据旧约,腓尼基人信奉的火神摩洛,要求用少男少女的身体献祭,且在献祭仪式进行过程中,要求献祭的男子自阉并将性器送给一名女子,从而完成性别互易。传说中的"长胡子的维纳斯"大概也是由此而来。

我的思想——像一把钥匙

打开一扇门，门后有个开枪自杀者[1]……

—— 1921

---

1. 指被"时间的数字规律"所战胜的宿命。

致科·亚·维诺格拉多娃[1]

面对基斯洛沃茨克的落日

我想起一张脸,严肃而阴郁,

藏在衣领之中,

那是罗巴切夫斯基[2]——你,

严肃的契斯洛沃茨克[3]。

对我们而言这是个神圣的名字。

"不相交曲线的世界"

很久以前就已经愉快地

在我思想的前排就座。

我的窗帘已经拉起。

今天,或许还有昨天,

我的愿望是

在涅夫斯基的麾下

在鹰的羽翼下

见到罗巴切夫斯基的大名。

---

1. 科·亚·维诺格拉多娃,罗巴切夫斯基的侄孙女,具体身份不详。
2. 尼古拉·伊万诺维奇·罗巴切夫斯基(1792—1856),俄罗斯著名数学家,非欧几何的早期发明者之一,认为"当两条平行线无限延长时,它们会在无穷远处相交"。尤里·迪尼安诺夫称赫列勃尼科夫是"语言的罗巴切夫斯基"。
3. 诗人仿契斯洛沃茨克(意为"矿泉之水城")生造的一个词,意为"数字之水城"。

他将带来以"你"相称的自由!
罗巴切夫斯基的孙女啊,
瞧您,提着一对水桶
一边迎接我,
一边走向善的水井。
而我,智慧给我穿上了朴素的外衣,
我像只小狗[1]一样
在一只银色的小桶里
舔着喝那金色的美酒。

—— 1921

---

1. 指维诺格拉多娃的一只绘有小狗图像的储钱罐。

阿伊月份里的绿色罗斯

阿伊[1]月份里的绿色罗斯!
咳,真是命苦啊,树墩!
我要小妞!——树墩坦承道。
他是绿色的,就在蛤蟆菌附近,
这没什么不好!——春天怂恿他。
姑娘们怯生生地皱起眉头,
用三角头巾挡住眼睛。
一位新郎和一位穿一身白的新娘
制造着阿伊的快乐,
风也似的从一旁掠过。
抓住他们,抓住他们!
追捕和召唤火一样的红尾鸲。
我们要亲吻酮体的蓝眼睛,
抢吧!
心地单纯者啊,用你的熊爪
抓吧,挠吧,
抓挠姑娘的影子。

---

1. 俄罗斯民间日历中的五月。

你啊，树墩，燃烧吧！

嘿，燃烧吧，树墩！

别打哈欠！

在开怀大笑的阿伊月份里

上天给了你这肉的原木

一份口粮。

当真吗？

像头小熊一样

朝姑娘们滚过去吧，

或者拿起牧笛

尽情地吹吧，玩吧。赶快！

你拎着箩筐去采蘑菇，

在阿乌[1]的月份里。

一旦它饿了，五月就会倒下。

风吹着松树发出呼号，

有人在唱歌和呼寻，

用百眼树枝发出砰砰响声。

土匪一样的鬼怪

是抓不住蝴蝶的。

松树的母亲

---

1. 俄罗斯民间日历中的六月。

在吞咽蓝色的蜻蜓。

别管蝴蝶了,没有用。

你,强盗一样竖起辫子,

女巫一样从火堆上蹦来蹦去,

高喊着:"跳过去!"

到处都暖意融融。夜色湛蓝。

一群姑娘,黝黑,赤足,

黝黑的身体,灰色的发辫。

散发着爱的气息。去林中采蘑菇。

那里有红菇和松乳菇,

流淌着马林果的血,

有毛茸茸的圆形卷边乳菇,

还有你,白蘑菇,

像雪一样谦虚又洁白。

还有结实健壮的白小伙儿,

脑袋胖乎乎。

你弯下腰,

当雷雨不断的

七月来临。

这是农忙的月份,

好似一条赤链蛇

从拔都黑色的路面一跃而起。

麦穗亲吻着

夜半的上帝

神圣的双手。

在挥镰的一周里，你挥动镰刀，

追赶着密密麻麻的麦穗，

金不换的马儿们乌云般的鬃毛。

你汗流浃背，从水罐中

直接大口吞饮凉水。

秋天时你望着天空，

望着明媚的小阳春，

望着闪闪发亮的蜘蛛网。

而到了晚上，纺车嗡嗡作响。

姑娘们佯装惨叫，

掩埋上帝的苍蝇[1]，

用它们掺着马林果烙馅饼吃。

在打嗝的九月里，可以听猫头鹰的叫声，

它们都是看顾收成的巫医婆。

你望着天上的红云。

然后就到了准备过冬和适合婚嫁的十月。

新娘穿着熊皮袄出行，

---

1. 指俄罗斯民间九、十月份举行的"葬蝇"仪式。

你可以举办婚礼,

用松鸡和白蘑装点

三套马车的车轭。

叶子凋零的树林。松树

孤独地变得暗淡。乌鸦栖息在上面。

接着就到了收割后聚餐的时节十一月。

家酿啤酒和烈酒统统摆上餐桌。

胡须撒上灰色的水滴,

桌上的蜂蜜黑油油的。

随之而来的是猫冬的腊月——

聪明人都裹上一件厚厚的皮袄。

—— *1921*

群狗起义

汪！汪！汪！
很多的黑狗
汪！汪！汪！
起义的黑狗
汪！汪！汪！
在雪地上奔跑
汪！汪！汪！
跑进附近村镇
汪！汪！汪！
撕扯那些死人
汪！汪！汪！
拖拽某人的腿
汪！汪！汪！
拖拽某人胳膊
汪！汪！汪！
满脸血污
染红了雪地
染红了肚腹

—— *1921*

今天,马舒克山像一只灵猩

今天,马舒克山[1]像一只灵猩,
一身白,点缀着白桦的红斑。
一只鸟儿在山上快要冻僵,
它要飞往五峰城,寻找夏天。

它飞越一列火红的列车,
忘记了群山的缄默不语,
在那里,秋天弯下腰,
把麦穗收进兜起的下摆。

怎么回事?发疯似地往回飞,
不顾翅膀冻僵,这小可怜。
他们心肠歹毒,好似搂草机,
在他们心里,永远是冬天。

他们生性残忍,不惜开枪[2]。

---

1. 位于高加索矿泉区内,五峰城(即皮亚季戈尔斯克)东北部,是重要的风景名胜和疗养度假地。
2. 五峰城也以莱蒙托夫决斗地闻名,1841 年,莱蒙托夫就是在这里与人决斗,中弹身亡。

算起钱来,脑子转得飞快。
他们之所以添加了一对耳朵
就为欣赏讨价还价的曲调。

—— *1921～1922*

涅瓦河认识许多最后晚餐的眼睛

涅瓦河认识许多最后晚餐[1]的眼睛,
昨天,诸救主的血连同北方的身体
和鹅卵石,在此一起作为圣餐被领取。
这是对一种焚书之爱的赞美。
工人们和一个憔悴的书痴,
他们的夜晚黑如爱的灰烬。
一道红色的细流汩汩流淌。
一座座疲惫不堪的桥上
只点亮了一支三眼路灯。

风的万千号角粗暴已极,
花园的栅栏像是在守护命运。
涅瓦河认识许多最后晚餐的眼睛,
在一匹匹铁马旁,在斯特罗加诺夫宫[2]
那些大块的石头附近。

—— 1921～1922

---

1. 指达芬奇的名画《最后的晚餐》。
2. 彼得堡巴洛克风格建筑名胜之一,建于十八世纪中期,现用作俄罗斯博物馆分馆。

涅瓦河认识许多 [1]

涅瓦河认识许多
最后晚餐的眼睛。

就在昨天,在这里
诸救主的血作为圣餐被领取
连同黑色鹅卵石中的北方身体。

工人们和一个聪明的书痴
他们的爱,在此化为灰烬。

涅瓦河认识许多
最后晚餐的眼睛
在一匹匹铁马旁
在斯特罗加诺夫宫
冷峻的石墙下。

干枯的海床

---

1. 此诗为前一首诗的不同版本。

升高了涅瓦河两岸
一群蜘蛛
在朝皇家墓地拉线。

一座座夜晚的桥上
只有一支三眼路灯点亮
一道红色的细流汩汩流淌
一个吻,在唇上。

—— 1921～1922

孤独的艺人

当阿赫玛托娃的歌吟和泪水

流淌在皇村的上空,

我,捯着女巫的一桄线,

如梦中的僵尸,在荒漠蠕动。

在那里,一件不可思议之事,

一个疲惫不堪的演员

奄奄一息,仍拼命前行。

就在这时,黑暗的洞穴里,

一头地下公牛,它的卷毛脑袋

正在凶险的乌烟瘴气中

肆无忌惮、吧唧吧唧地吃人。

傍晚的漂泊者,被月亮的意志裹挟,

仿佛穿着睡意蒙眬的斗篷,

在梦中跨过一个又一个深渊,

攀越一座又一座巉岩。

双目失明的我,举步维艰,

幸好有自由的风推着我,

并用斜雨抽打着我。

咔嚓一声,我用力一扯,

强壮的公牛顿时身首异处。
我就像一名真理的战士，
挥舞着牛头，在世界之上：
你们看啊，在这儿！
就是这个牛头，让人恨之入骨！
可我很快又惊恐地意识到：
没有人能看得见我，——
必须播种眼睛，
眼睛的播种者必须奋勇前行！

——1921～1922

但愿那个耕夫,放下耙子

但愿那个耕夫,放下耙子,
回望一眼那只飞旋的大乌鸦,
并说,它的声音里
听得见特洛伊城的那场厮杀,
阿喀琉斯战斗的怒吼
和王后的哭声,
当这只黑嘴的乌鸦,
紧贴在头顶上方盘旋。
但愿那落满灰尘的灰尘灰桌
用波涛的灰白内核
排列出一个个灰尘的图案。
会有一个好奇的男孩说:
这灰尘或许就是莫斯科,
而这就是北京或芝加哥牧场。
这些个大都市环绕着大地,
就好像渔民张开的渔网。
宇宙之声想用这些图案
为大地点画出假想的眼睛。
但愿那位不愿意保留

死灰一样的长指甲的新娘，
在清除指甲下的污垢时，
会低声说：这里有燃烧着的
活的恒星，还有那些
头脑不敢触碰，且被指甲
用冰冷的皮肉所遮蔽的世界。
我相信，天狼星已经无力
用光明切碎指甲下的黑暗。

——1921～1922

孩子们！如果眼睛厌倦了睁得大大的

孩子们！如果眼睛厌倦了睁得大大的，
如果你们同意启用"兄弟"这个名字，
蓝眼睛的我，发誓——
我将高高举起你们生命的花朵。
须知我就是这样的，我从云端落下，
人们将很多罪恶强加于我，
因为我不是他们想要的那一个，
我始终难于相处，
我到处不受待见。
你愿意的话，我们就做兄弟姐妹，
毕竟我们是自由大地里的自由人，
我们自己缔造法律，不要害怕法律——
我们要塑造行为的黏土。
我知道，你们俊美，蔚蓝世界的花朵。
我感到愉快和突然，
当你们跟我谈论索契，
并柔情脉脉地睁大眼睛，
有很长一段时间，我对许多东西都心存质疑，
突然间又永久地相信了：

一切皆是上天设定，
樵夫的砍伐徒劳无功。
我们可以避免许多废话。
很简单，我将为你们主持日祷，
就像一位蓄着长发的多毛神甫，
畅饮纯净、湛蓝的泉水，
我们不必害怕那些吓人的名字。

—— *1921～1922*

他戴着宇宙的圆顶礼帽

他戴着宇宙的圆顶礼帽。

戴得放浪不羁,

而群星——这是灰尘!

那把刷子忙于打扫星星的灰尘,

不是每天都出来散步,——

她是灰尘星座的敌人。

不错,他跟她在吵架。

一个资历尚浅的水手,

用海上话说,就是一个快乐的大男孩,

将来自那个被核子怒火

伤了半条手臂的快乐星球[1]的

《泰晤士报》塞进

门把手,此时,

枪炮正在攻击那些古老的宫殿。

手臂受伤的白发女神。

而波涛,好似一条鱼,

在沸腾的铁水中,

---

1. 指金星。金星以维纳斯的名字命名,而现存维纳斯雕像手臂有缺损。

贴着海战的火炉，
毫无理智地跳跃着。

我买一份……我读着来自比邻星球的消息：
"新闻！丢人啊！
在我们善良、可爱和熟悉的地球上
居然成立了一个地球政府。
都在想，这肯定是未来人的例行恶作剧，
这些太阳世界的大块头小丑。
他们响亮的玩笑和气泡里的噼啪声，
无拘无束的俏皮话，
飞越了一个又一个空虚的地域，
连续不断地送达来自地球的我们。
科学家已经将望远镜
对准了地球上的事态。"

我噌地从原地跳起。懊恼地
把报纸揉成一团：
"一派胡言！无稽之谈！
彻头彻尾的谎言！"

—— *1922*

别添乱

嘿,年纪轻轻的商人们,
你们的头脑太过轻率!
我在莫斯科昂首阔步,
穿着普加乔夫兔皮袄!
我们的真理的意愿
如此崇高,可不是要让
那些穿貂皮坐豪车者
嬉笑怒骂,自在逍遥。
敌人的血流得
如此廉价,可不是要让
每一个女商贩
都能戴上珍珠手镯。
长夜漫漫,我将
劈波斩浪,我将
像顿河伏尔加河那样歌唱,
而不是牙齿咬得咯吱作响!
我要调兵遣将,把一艘艘
黄昏的平底战船派到前方。

何人与我同去——大干一场?
我的弟兄们——与我同往!

—— *1922*

拒绝

仰望星空
我会愉快得多,
相比签署死亡判决。
当我在花园中走过,
听到花儿们
悄声说:"就是他!"
我会愉快得多,
相比看见杀人武器,
看见那些时刻想要
取我性命者。
这就是为何我永远
永远
不会成为一个统治者!

—— *1922*

我呼吁你们用军刀

我呼吁你们用军刀
触碰一下衬衫。
没有衬衫。
用军刀说:国王没穿衣服。
我们化为呼吸之绒毛的,
我呼吁你们将之化为铁器。

—— 1922

谁?

这小伙子
长着大象一样的后脑勺
和一对柔软、善良而又笨拙的大耳,
他下嘴唇一耷拉,好像在说"好!"
然后翘起他
领袖群伦的铁下巴
拼命往前钻,往前钻,往前钻!
长着一双快乐的眼睛
在空中倾覆的飞行器,
在那里,宇宙的阴暗
覆盖上了铁鸟的碎片,
快乐的鸟儿的碎片
和虚弱、善良的嘴唇。
肩膀有一丈宽的勇士——
他是何许人?
不止一次,他点燃俏皮话的火柴,
绘声绘色、眉飞色舞地
讲一只皮靴筒有多么愚蠢。

—— *1922*

消耗和劳动，还有摩擦

消耗和劳动，还有摩擦，
从三的湖中汩汩流出吧！
事业和才干——从二的湖流出！
杂草妨碍腿脚行走，
毒药戕害灵魂，使血液变冷。
一把钝刀，什么都切不动。
死胡同就是一条路乘以负数。
快乐的人喜欢走大道，
小路——寸步难行。
丧失了精神的躯壳，
丧失了运动的静止之尸，
备受奚落的死者之棺，
那里面丝毫动弹不得，——
你们全都从三之湖中流出，
而事业、良善来自二之湖。
纯贞女和圣灵，也从那里振翅吧。
二是推动力，三是摩擦力。

"放松缆绳!"伏尔加河畔船员们一边叫喊,一边缓速下锚。

—— 1922

给所有人

文字——乃是报复,
我的哭泣已经备好。
暴风雪吹拂着雪屑,
鬼魂无声地转来转去。
我被精神饥饿的长矛
刺得千疮百孔,
被万千饥饿的嘴巴的飞镖
扎得遍体鳞伤。
你们的饥饿在讨要吃的,
优雅的瘟疫的饭盒里
你们的饥饿在讨要食物——
看吧,七辫女人[1]的乳头!
后来我倒下了,就像库丘姆[2]
倒在了叶尔马克的箭下。
那是拷贝的饥饿
前来刺穿、毁掉手稿。

---

1. 俄罗斯鄂温克族妇女有梳七条辫子的习俗。
2. 库丘姆(约 1510 或 1520—1601),成吉思汗后裔,西伯利亚汗,也是西伯利亚汗国最后一位统治者。实际上,他的死晚于叶尔马克。

唉,要在街头集市上从我

喜欢的一张张脸上认出珍珠!

为何我失落了这一捆书页?

为何我是个笨拙的怪人?

并非冻僵的牧羊人的恶作剧[1]——

将手稿丢进篝火的刽子手,——

到处是崩了刃的切割机,

和被宰杀的诗句的小脸蛋。

三年的周期给予我们的一切,

掐头去尾也有上百首诗,

还有大家熟知的那一群人,

到处,到处是遇刺的皇子们的遗体,

到处,到处是该死的乌格里奇[2]!

—— 1922

---

1. 赫列勃尼科夫颠沛流离期间,手稿曾被人拿去烧火取暖。
2. 乌格里奇,伏尔加河畔历史文化名城,属雅罗斯拉夫尔州。1591年,伊凡雷帝的小儿子、皇子德米特里在此遇刺身亡。

你好,长老

你好,长老!

须发斑白的长老!

告诉我,你是谁?

你是人

还是鬼?

你的名字是什么?

不回答。

只是胸前

抱着一本白皮书,

身形倒映在碧水之中。

于是古老的格拉果尔[1]文字

跃然呈现于水面。

风,掀动他的胡须,

搅扰着他

抱着书前行。

里面还有这样的字句:

"要敬畏三条腿的马,

---

1. 格拉果尔文字,古斯拉夫语两种文字(字母)之一,另一种是西里尔文字。

也要敬畏三条腿的人!"

长老啊!

你为何非去不可?

山岗回答:

你为何非去不可?

你属于哪个家族—种族?

你来自何处?

我来自两个男人拉犁、

一个男人扶犁的地方。

乌黑的土地上只有三个农民,

外加黑压压的一片乌鸦!

看,一个手持皮鞭的牧羊人,

一群五花大绑的小鬼

在避雨。

他们将帮助牧羊人驱赶母牛。

—— *1922*

很乐意看见

很乐意看见
气喘吁吁的小美人鱼
从森林里爬出来,
用一块白面包的面团
勤奋地擦拭着
全世界向往的法律!

—— 1922

一块地——非凡之物

一块地——非凡之物!
这是我和国家
约会之处。
国家提醒我
它依然如故!

—— 1922

太阳的光芒

太阳的光芒

照耀在

一头公牛的眼睛里

和一只蓝苍蝇的翅膀上,

那苍蝇在公牛头顶

一闪而过,好似结婚项链

水滴状的坠子

划出的一条界线。

—— 1922

人民绝望了。灵魂在抽泣

人民绝望了。灵魂在抽泣。
他们把大麦丢在地上,
然后聆听着飞机的歌唱,
跟村庄一起走向东方。

草原陷入一片火海,
神圣的山岗浓烟四起。
拔都们又站起来了,
在孩子们的眼里。

麦穗不见了……一怒之下
上帝将它们大头朝下抛弃,
于是难民向东方涌去。

—— 1922

一丛勿忘我中间

一丛勿忘我中间
有肺草花的味道,
因为我,
我抽象而严谨的理性
给负一开根,
我藏匿分界点,
着眼于过去,
着眼于未来。
立根橛子。

—— 1922

三重的"B",三重的"M"

三重的"B",三重的"M"[1]!
名字与父亲平起平坐[2]!
你咀嚼着沉默之铁,
你像马车夫一样站在车上,
挥舞着词语的长鞭,
驱赶紧张不安的纵列驾马!

—— *1922*

---

1. 此诗是写给马雅可夫斯基的。马雅可夫斯基完整姓名(名字、父称、姓)中,字母B和M分别出现三次。
2. 马雅可夫斯基与父亲同名(均叫弗拉基米尔)。

自 白

——蹩脚的文体

不,这不是玩笑!
不是目光敏锐的花卉。
这是宿命。这是宿命。
弗·弗·马雅可夫斯基!——我和你,
我们俩,用苏联话怎么说?
放在一堆废物里一起说?
用埃尔赛飞赛尔[1]说,
用快速吐词的绕口令说?
请坦率地说出来:
流氓!
我们俩将为
音响的严厉命运而自豪。
我们俩将一起站在无言的树下,
在呼哨声中沉静下来。

---

1. 俄罗斯苏维埃联邦社会主义共和国的缩略语读音。

我们要像扬·索别斯基[1]那样

将土耳其妇女们的怀疑

驱离维也纳。

铁打的王者,

我们要将

流氓

铁打的桂冠

沉重地戴在头上,

并亮出我们的军刀!

从过往之中拔刀出鞘——

闪着寒光,闪着寒光!

和平的日子啊,沉睡吧,

嗤!

那些陈旧过时的号叫,

像梅列日科夫斯基一样沉睡吧,

别让他像我们温情的老爷子一样捶胸顿足。

音响——是生活的始作俑者。

我们要用一首疯子之歌

冲着天空的额头

---

1. 扬·索别斯基(1629—1696),波兰统帅,1673 年被选为国王,1683 年在维也纳城下击溃土耳其军队。

做出骄傲的回答。
是的，然而到来的
并非流氓，而是自我。
我们要在人类的嚎叫之上
架起粗糙的原木。

——1922

夜间舞会[1]

少女们用脚掌蹬踏地面,
发出嗒嗒、嗒嗒的声响!
笨重的白杨随之扭动,
繁星堆起一座璀璨的坟岗。
黑夜是茨冈人的眼睛!
黑暗之马车负重而行,
保暖靴的蹬踏悦耳动听!
寂静,在云中怡然自得,
有节奏地摇曳着舞会

在云的蒲扇下,在农舍旁。
此时有个小伙子,他的手
没有去扶着木犁耕地。
但一件绣花衬衣上方
重又现出一道堑沟,
穿过短暂的夜的昏暗
眼睛的洪水扑面而来。
这是木头呀,不是毛褥子,

---

1. 此诗还存在另外一个版本,两者文字有多处出入。

这是卷发呀,不是熟羊皮……
某个既温柔又野性的人。
"怎么害羞了?因为啥呀?
难道不是我仅用一只手
就能拦住失控的三套车?
难道不是我在春天
一怒之下烧了自己的房子?
为了能用闪光的银饰
装点心上人的肩膀,
是谁在野外的树林里
将一把匕首插进别人胸膛?
搜他的身时,热乎乎的
鲜血弄脏了我的双手。
半昏迷中他尖叫起来,
脸上布满莫名的恐惧。
如今你是首屈一指的美人,
整日辗转于小伙子们中间。
我像一个死畜独自悲伤,
在村后的荒地,在打谷场。"
一只乌鸦当众叫了一声。
为此,你像山贼一样
一直呆立在林中,直到

死者头顶有露水滴落。
全白费了！白盘了个童化头，
白瞎了地里的那片青苗。
"就像火柴与火柴盒，
你点燃了，却与我无关。"
你静静地、慵懒地盯着，
盯着一副短柄链锤。
火星安在？看来，火镰
对燧石心怀不满。

—— 1922

我不是谢肉节的小鬼

我不是谢肉节的小鬼,
挤眉弄眼,讨人欢喜,
也不是一个爱哭的乳儿,
令人生厌,令人不屑。
不,我来自一个共同的墓地
和葬礼——我是自由的钟声。
我举起手臂,
发出危险的警示。
是我给你们指出一条
遥远、苍白但非世俗的路,
而不是
你们熟悉和亲近的那些人
在甲板上炖牛肉时
燃起的一堆堆篝火。
是的,我脱队了,跌倒了,
乌云把我遮盖起来,
至今仍遮盖着我。
可你们后来不是也跌倒了,
并驱赶着崩溃的记忆,

在一堆石头中把我
塑造成了人间的幽灵?
就因为我向你们提到了星空,
成了这些乞丐平时的过堂风,
你们不止一次地抛弃我,
还拿走我的衣物,
当我一次次横渡诗歌的海峡,
你们笑话我一丝不挂。
可是没过几年
你们自己竟也赤身裸体。
你们没有发觉我的体内
装着每一件大事的顶点,
没有发觉作家的沉思后面
是一支时间的如椽大笔。
我就像一个孤独的医生
在一家疯人院里
吟唱着自己的药品之歌。

—— 1922

猛地一吹

猛地一吹,
诸国土崩瓦解。
炮口旁
一双失宠的眼睛。

——*1922*

我没有贵族老爷的礼帽

我没有贵族老爷的礼帽，
也没有贵族老爷的套靴，
明媚的天空就是我的帽子，
苍茫的大地就是我的鞋子。

—— *1922*

那些夜夜笙歌的人

那些夜夜笙歌的人,
但愿他们能够牢记
有个人正在断头台上死去——
那就是莫斯科的救世主。

—— *1922*

是你们的所作所为

是你们的所作所为，
诸神啊，令我们不朽。
而我们要射出一支
忧伤的毒箭作为回报。
弓弦在此。

—— 1922

人民在伏尔加河上拖拽着自己的命运

人民在伏尔加河上

拖拽着自己的命运,

拖拽着命运之船,

用人民政权的宽肩带取代细绳。

然后呢,狮子的王者坠落[1]

剥光生命的绿叶,

人民血流成河,且这血

常常流得不合时宜。

那位青年,颅骨缝隙尚未接合,——

他刚投出一颗黑皮鸡蛋

便双手遮住白净的面孔,

像巴尔马绍夫[2]一样死去,——他是谁?

为何要将马镫和马鞍——

权力之手强加给自由?!

春天的种子和黑麦的暴雨

---

1. "王者坠落(царепад)"是赫列勃尼科夫生造的一个词,此处可能喻指落叶,也可能暗示沙皇遇刺。
2. 斯捷潘·瓦列里安诺维奇·巴尔马绍夫(1882—1902),基辅大学学生,因刺杀内务部长而被判处死刑。

飞快地穿过一片片云彩。
一把斧钺听取了
以沙皇名字命名的童话。
于是你，如野人之妻
在西伯利亚冰封的大地之上
赤足给岁月戴上嚼子，
你骑着一块獠牙的石头，
在暴雨如注的日子里
赤身裸体地抽刀断水。
黑色猛犸呲起白色獠牙，
不知在向谁发出威胁，
而村里一只西伯利亚公鸡
在讴歌太阳：咕嘎咕！
在鄂毕河冰封的大地上方
她的眸子乌黑，怒不可遏，
一条发辫[1]狂暴地飘摆，
直让人丢盔卸甲，俯首称臣。

——1922

---

1. 此句同时也可译作"一把镰刀狂暴地转悠"。

未来

如果风前来亲吻我,
我会讲,血凝结了,
粘连着白发,难解难分。
我会用眼中的一对
铅青色珍珠问:"请问大名?"
将会有更多的哭泣,
比起谢肉节的一星期。
而眉毛,用狂怒照料星座,
如白嘴鸦的翅膀划出一条线。
这是一群毛色绝好的马匹,
雪白的、乌黑的和金黄的,
这是一支复仇少女的骑兵,
炮火中左冲右突,前仆后继。
摩天大楼在眼中燃烧,
探寻着通向云端的路径。
闪烁着红雪之光的嘴巴
吞噬着远方的一具具尸体。
一匹白马飞奔,驰骋,
跨越一片举起的手臂的丛林。

"备好的骏马会吃掉你们,"

宿命说,"就像吃掉春天的花朵"。

—— 1922

死亡用健康充实美

死亡用健康充实美，
她脚踏一尊尊圣像，
如犍牛颈上的钢刀，
在众人面前闪着寒光，
双目好似蓝色的自由。
辔头，纵使勒得生疼，
马也会狂野地竖起前蹄，
一个星期不再摆尾，
直到你咽下最后一口气。
一座坟茔在墓地闪烁。
仿佛飞蛾扑向烛火，
我飞进上帝的黑夜之眼，
见到一位骑士，不，是条白色爬虫。
马伸出红色的火舌，
舔舐着一具具尸体。

—— *1922*

我在这里徜徉,意乱神迷

我在这里徜徉,意乱神迷,
我在这里徜徉,被一群
印刷语言的狗犬重重包围,
它们幻想着咬住我湛蓝的大腿。
我是唯一的出水孔,
通过这个出水孔未来
落入俄罗斯的水桶。
我的自我陶醉
乃是明天的水管,
是承载泪水的明日篮筐。
在远方,在黑夜的窗外,站着一个无足轻重者。
啮咬过我折磨过我的,还会再来。
仿佛一条野狗
我沿着一条圣洁的小路
在一片片旧海洋的巨人中间
穿行,如星星的盯梢,
星星的宿营地把我照亮。
啊,美轮美奂的黑色板床!

—— 1922

你多么英俊,一张恶棍面孔

你多么英俊,一张恶棍面孔。
"安静,安静!别说话!"
多么可爱的一个企图
想要抓住刀剑!
怎样的欲望,怎样的恐怖!
我手握一束铁的光芒。
啊,死亡的锋利之光!
某人的眼睛,非目光,而是剑光
深奥而又残酷地
径直照进我的胸膛。

—— 1922

我看见,一只老虎蹲在小树林里

我看见,一只老虎蹲在小树林里,
微笑着朝一支芦笛的腔管吹气。
骨瘦如柴的野兽们波涛般走来走去,
眼睛里闪烁着嘲讽的光芒。
一位举止优雅的少女
优雅地低下头对他讲话。
她说:"啊老虎们狮子们!
你们毕竟缺少音乐才能。"

—— *1922*

铁制的提示器

铁制的提示器——
结算,
一支金笔
和一只烟草柜。
身披白色绒毛,
这位血腥世纪人们的殉道者——
耳朵的牛蒡——
被死亡纠缠,悬垂如鞭。
兔子的俄罗斯
制成的作家之笔
从战壕中
从炮口中
从兔状的墨水瓶中奔跑而出,
它的咽喉被咬断,
马上就要毁弃。
可还会站起来,
如世纪之狼,
如世纪马麦的后继者。

—— *1922*

十年了,这些俄罗斯人

十年了,这些俄罗斯人
用石头砸得我伤痕遍体。
我倒下,再爬起来,
犹如大象坚强不屈的长鼻。
我像一棵树,在时间的叶簇下发抖,
我两眼冷冷地直视你们,
仅有的一句话从我眼中喷涌而出。
星空的惊恐从我眼中径直向你们倾泻。
一场残酷无情的决斗。
我像一个幽灵,从泡沫中耸起。
我是你们的指路明星。
即便是在你们偷走我的裤子
或手帕,
使我无法擤鼻涕时,——不许笑。
我冷酷无情,如世纪之星,
百年之星。
它会给水手打不及格,
如果他对风暴和暗礁一无所知,
如果他执行任务时犯下错误,

如果他懒于出手相助
通过阳光入射的角度
在大海的原野上
找到正确的航向。
射击一样闪现的前额,
我遥远、巨大、岿然不动。
活着,就要冷酷无情。
死去,也要像启明星一样
在波涛之上摇晃,
只要你们还没有发觉
当你们调转船帆的方向
背对阳光之眼软弱的责备,
你们的船帆其实
正在一头冲向暗礁,
你们也随之撞得粉碎,
一如整个强壮的轮船。
轮船越是庞大,
星星越是沉重。

—— *1922*

我是一个少年，我

我是一个少年，我
独自走进沉闷的黑夜，
从头到脚
覆盖着紧绷绷的毛发。
四周是茫茫夜色，
一种孤独感油然而生，
思念朋友们，
思念我自己。
我点燃头发，
丢掉褴褛衣，丢掉枷锁，
再点燃周围的自我【……】[1]，
点燃田野、树木——
我为此而兴高采烈。
赫列勃尼科夫的田野在燃烧，
火红的我在黑暗中熊熊燃烧。
我点燃自己的头发，
现在我要离开了，

---

1. 原稿字迹不清。

而取代我的是——

我们!

去吧,严肃的瓦兰人南森[1],

秉持法律和尊严。

—— 1922

---

1. 弗里滕·南森(1861—1930),挪威北极学家,动物学家,国际反饥饿联盟组织者之一。

喂，慢吞吞地拉吧

喂，慢吞吞地拉吧，
地球的灰马。
咱们总得挪步！
我给你套上了
星星的木犁，
我用梦想的鞭子
抽打着你。
我歌唱世间万物，
我用燕麦给你作饲料，
我拔掉周围父亲种的草
给大汗淋漓的你果腹。
我喂养你不是为了
羞辱须发斑白的长辈：
我喜欢继承遗产，
也想要胡作非为！
我一碗一碗地把燕麦
装满你嘴下的喂料袋，
直至所有人都起来
为飞向宇宙而奋斗。

我像是冰凉的流水

为我所到之处讲述

两个伟大的数字[1]——

我的思想的牧者。

我要喂饱你,

好抓住那些帆,

毕竟你喜欢燕麦,

对露水也满心欢喜。

我打了些上好的干草,

因为灵魂,未来的女演员读到了,——

众星座的巨浪正汹涌澎湃,

暴雨像鸟儿一样骤然袭来。

白鬃毛的朋友啊,你可知道

谁的鬃毛淹没在了雪山里?

乌云上写着"纳希"[2]二字,

而这意味着:我在准备火药。

喂,慢吞吞地拉吧,灰马,

沿着地球的这条路,——

---

1. 指 2^n 和 3^n,时间的基本规律即支撑在这两个数字上。
2. "纳希"是俄语字母"Н"(相当于拉丁字母"N")的旧称。在航海电码中,这个字母的意思是:"我装载了弹药、爆炸物;我可以开火。"

柯尔卓夫的灰马[1]，托尔斯泰的驽马[2]。

谁在银河呼唤我？

【啊？沃瓦[3]！

他在叩击星空！

朋友啊！让我握一下

你那高贵的蹄子！】

—— *1922*

---

1. 阿列克谢·瓦西里耶维奇·柯尔卓夫（1809—1842），诗人，其代表作之一《农夫之歌》开头一句即是："喂，慢吞吞地拉吧，灰马……"
2. 暗指列宾的一幅名画《农民》，上面画的是托尔斯泰扶犁耕地的情景。
3. 指马雅可夫斯基。"沃瓦"是弗拉基米尔的小名。

用银色的新雪

用银色的新雪
把你扮成雪姑娘。
给你一把大扫帚,
给你赶走
冬天的权利。

—— 1922

我的道路

阿斯特拉罕

莫斯科

哈尔科夫

罗斯托夫

巴库

波斯

列车

莫斯科

自由

—— *1922*

又一次，又一次

又一次，又一次
我成为你们的
指路明星。
让自己的船
偏离了航向的水手，
他的灾难降临：
他将在暗礁和浅滩上
撞个碎骨粉身。
灾难也属于你们，
让自己的心
背离了我的人：
你们会在石头上
碰得头破血流，
且石头会无情地
讥笑你们，
一如当初你们对我
肆意嘲讽。

—— 1922